每天都进步一点点 甄选集

《意林》图书部　编

吉林摄影出版社
·长春·

图书在版编目（CIP）数据

每天都进步一点点 /《意林》图书部编. — 长春 ：吉林摄影出版社，2023.10
（意林励志甄选）
ISBN 978-7-5498-5982-5

Ⅰ. ①每… Ⅱ. ①意… Ⅲ. ①故事—作品集—中国—当代 Ⅳ. ①I247.81

中国国家版本馆CIP数据核字(2023)第178799号

每天都进步一点点 MEITIAN DOU JINBU YIDIANDIAN

出版人 车 强
主 编 杜普洲
责任编辑 王维夏
总策划 徐 晶
策划编辑 张 娟
封面设计 资 源
美术编辑 刘海燕
开 本 787mm×1092mm 1/16
字 数 180千字
印 张 8
版 次 2023年10月第1版
印 次 2023年10月第1次印刷

出 版 吉林摄影出版社
发 行 吉林摄影出版社
地 址 长春市净月高新技术开发区福祉大路5788号
邮 编：130118
电 话 总编办：0431-81629821
发行科：0431-81629829
网 址 www.jlsycbs.net
经 销 全国各地新华书店
印 刷 天津科创新彩印刷有限公司

书 号 ISBN 978-7-5498-5982-5 定价 25.00元

启 事

本书编选时参阅了部分报刊和著作，我们未能与部分作品的文字作者、漫画作者以及插画作者取得联系，在此深表歉意。请各位作者见到本书后及时与我们联系，以便按国家相关规定支付稿酬及赠送样书。

地址：北京市朝阳区南磨房路37号华腾北搪商务大厦1501室《意林》图书部（100022）

电话：010-51908630转8013

C O N T E N T S

目录

视野

做一个发光的勇敢者，
孤勇后，世界尽在眼前！

CONTENTS

目录

坚持

人生昧履，砥砺前行；
始不垂翅，终能奋翼！

C O N T E N T S

目录

行动

心之所向，身之所往，
虽道阻且长，然行则将至，做则必成！

C O N T E N T S

目录

信念

种一棵树最好的时间是十年前，
其次是现在！

视野

做一个发光的勇敢者，
孤勇后，世界尽在眼前！

甄语录 活着不难，活得精彩才算本事！

他是北大附中的最佳灯光师

□沙　蕙

第三届舞蹈节的颁奖典礼结束之后，北大附中的校园里流传着一个冷笑话：“你知道学校里灯光推得最好的是谁吗？”“管乐团团长。”

林天熙参加了三届舞蹈节，每一届都是灯光师，为他所在的新民书院拿了两届最佳灯光奖。

作为管乐团团长，每次演出之后他都会站在舞台最耀眼处代表全团演员向观众致意，但是当灯光师，他只能坐在剧场二楼的小黑屋里。当他的同学们在舞台上享受掌声和鲜花时，他把灯光打给他们，自己则透过观众席最后一排墙上那个小小的窗口远远注视着热闹的剧场。即便如此，他也像热爱管乐团一样热爱灯光课。

高一下学期，他转学到北大附中难以适应。在他感到迷茫的时候，夸张一点儿说，是灯光课拯救了他。

林天熙在高一上学期上过戏剧课，有过零零星星的舞台经验，但是他从来没有意识到舞台上有灯光的存在，更不要说感受到它的奇妙作用了。这个新发现让他有点儿跃跃欲试，产生了一种说不出来的期待，入校以来的茫然、困惑等负面情绪也随之一扫而空。

课程还没结束，舞蹈节就开始了。林天熙报名参加了舞蹈节剧组，负责推灯光。

舞蹈节的灯光需要配合剧情和音乐，排练过程他也会参与，看演员做动作走位，看剧情发展演变，跟同学聊、找老师问：这个地方想表达什么感觉？那个地方需要什么效果？先把自己代入剧情，跟着感觉走，等老师把音乐的大框架做好，他就会根据音乐安排灯光。林天熙从小吹黑管，对音乐敏感，很容易把握音乐表达的情绪和节奏，跟着音乐推灯光比别人更容易上手。

相比前两届新民书院的舞剧《冰雪奇缘》，第三届排演的《金陵十三钗》要复杂得多。情节起伏大，舞台变化多，需要表达的东西更丰富，对灯光的挑战也大得多。林天熙决定先抓取一个大纲，编出雏形，突出主题，然后随着排练的逐渐成熟慢慢调整细节，完善整体布局。

最先抓住的是死亡点，用铺满舞台的炫目的红光制造出死亡和危机的冲击力；扮演日军的黑暗元素上场时，以幽蓝色强调地狱般的阴森和窒息感；妓女与女学生深情相拥，短暂的告别段落以柔和的暖光呈现梦幻般温馨的同胞之爱；和女学生互换衣服的一刹那，面光毫不迟疑地打在妓女的脸上，凸显了她们的风华正茂、决绝赴死的凄凉悲壮。

十五分钟，五六十种灯光，不管是对光线的运用、节点的把握，还是整个剧场空间的变化，灯光师林天熙都努力做到极致。

最终《金陵十三钗》毫无悬念地拿到了最佳灯光奖，而此时林天熙的收获已经不仅仅局限于灯光本身了。他懂得了舞台演出是一门综合艺术，一个作品的完成包含编剧、导演、演员、布景、灯光、音响、服装、道具等不同工种各尽其责的艺术表达，给观众带来的是视觉、听觉、精神、意识、情感、理念等不同方面的欣赏、思考和交流，他从中学到的是思维方式和价值观。

在参加灯光课之后逐渐找到的自信，让林天熙有勇气去报了学校的管乐团。高三时，他已经是北大附中管乐团的团长了。

三年的时间，从灯光课到管乐团，林天熙逐渐融入北大附中这个集体。如同在舞台上能体会到不同的生活，在北大附中也让他体验到不同的人生，在别的学校只能是学生的角色，在这所学校他还可以是艺术家。

在回顾过去的三年时，林天熙说自己做了“最正确的选择”。这个十八岁男生对自己高中生活的总结也值得每个成年人深思：“这一路走来曲曲折折，却无比充实璀璨。我想说读高中如果仅仅是为了考取好大学可能就有些遗憾了。一路走来，上小学为了上好初中，上初中为了上好高中，上高中为了上好大学，上大学为了找好工作，从事工作为了实现理想以及成家立业，而这一切都是为了好好地活着。可是这日复一日，年复一年不就是在活着吗？那么，为什么不能从最开始，在一环又一环上，在时间的维度上好好活着，追求理想呢？北大附中三年，最大的不同在于，我可以骄傲地说：这三年，我是实实在在地活着，我追求着自己触及灵魂的理想，我存在过。”

甄语录 世上无难事，只要肯用劲。

用劲刻

□瘦　茶

当时还不是篆刻名家的陈巨来向书画大家吴昌硕请教治印之刀法，吴昌硕只淡淡地说了一句话：“我只晓得用劲刻，种种刀法、方式，没有的。”陈巨来后来治印也卓然成家，一定是听了老师的话，用了不少劲。

我们成不了吴昌硕，或许真的只是不肯用劲，只差了那一把劲。世上万事，若都能用劲去做，何愁没有水到渠成的时候呢？

甄语录 当你感觉到被一个群体遗弃的时候，请不要恐慌，努力到一定程度，会有一个更好的圈子来接纳你。

当你决定努力时，为何有种被周围人遗弃的感觉

□吃了就睡

当你决定努力地做一件事情的时候，就是你试图从一个熟悉的圈子，进入另外一个在你看来更优秀的圈子，当新圈子尚未接纳你，旧圈子你已远离，故而你就产生了孤独感和被遗弃感。

上大学的时候，我们宿舍有七个人，出了一款网游，大家一起玩这款网游。

那个时候，我们组队去网吧打游戏，通常都是一个宿舍整体出动，场面很浩大。

后来，我决定考研，就退出了这个游戏圈，身边就出来了几种声音。“咱们宿舍就你一个人考研，你不觉得孤独吗？”“研究生毕业了，也不一定能找到工作。”

说实话，我考研的信念也动摇过，因为整个宿舍就我一个人考研，大家都在玩游戏，我感觉很孤单。

但是最后，我还是把我游戏角色的装备全部扔了，要知道，那些装备可是花费了我大量的时间打出来的。扔的时候，我下了很大的决心。

我开始了孤独的考研路。

每天晚上，大家不是出去打游戏，就是在宿舍里打牌，我一个人从自习室回到宿舍后，也没人搭理我，仿佛我不存在似的。

不知道是大家有意疏远我，还是宿舍的人不想打扰我，反正那段时间，我有一种深刻的体验，那就是孤独和被遗弃。

从早晨起床到离开宿舍，没有人和我说一句话，因为大家都在睡觉。到了晚上十点多，图书馆关门，我才会回到宿舍。每天和宿舍的人基本没有交流。

大一和大二，我和宿舍的人都相处得很融洽，大家一起逃课，一起玩游戏，一起睡懒觉，一起吃饭。我没有感觉过孤独。而当我决定考研的时候，我就深刻地体会到了这种感觉。

这种感觉一直持续到我拿到研究生录取通知书的那一刻，那时候我才发现，曾经感受到的被遗弃感，在我通过努力实现梦想而获得的幸福感面前，不值一提。

而同时，我还明白了，所谓的遗弃不过是大家选择了不同的道路，没有谁遗弃了谁。

毕业进入单位。我们单位一共招聘了三十六名新员工，大家来自不同的学校，都是一群朝气蓬勃的年轻人，相处得很融洽，毕竟刚进单位，也没有什么复杂的职场关系，大家都单纯地相处着，和在学校里同学们感觉很像。

下班后会有人喊我去喝酒聚餐。刚来单位，同事能邀请我喝酒，我自然是却之不恭，所以每次有人叫我，我都去。虽然有些不大愿意喝酒，但是碍于面子，大家一叫，我又屁颠屁颠地跑去喝酒了。

后来我在网站上开了一本玄幻文，因为之前在这个网站上写过文，所以就顺利签约了。开了新书，再有同事叫我出去喝酒的时候，我就说自己要更新书，没时间。后来，同事一起吃饭喝酒的时候就不叫我了。

我也开始享受这种被遗弃感了，因为遗弃，我有更多的时间来干自己喜欢的事情。

当你决定努力的时候，体验到的遗弃感，说明你正在改变，不要恐慌，当你努力到一定程度的时候，就会有一个更好的圈子来接纳你。

甄语录 你足够特别，别人才会为你破例。

特长不在于“长”，而在于“特”

□柯　钧

在美国耶鲁大学的入学典礼上，校长每年都要向全体师生特别介绍一位新生。去年，校长隆重推荐的是一个自称会做苹果饼的女学生。学生都感到奇怪，耶鲁大学不乏多才多艺之人，为何推荐一个仅仅擅长做苹果饼的学生呢？最后校长揭开了谜底。耶鲁大学每年的新生都要填写自己的特长，而几乎所有的同学都填写诸如运动、音乐、绘画等，从来没有人填过自己擅长做苹果饼。因此，这位女学生便脱颖而出。

这真是一位聪明的学生。如果她在履历表上填上“擅长厨艺”，结果会怎样？肯定不如“擅长做苹果饼”打动人心。那些填写擅长运动、音乐、绘画的，可能也就是会踢两脚足球、吹吹口哨或者画几笔素描之类。但是，他们没有具体写明，只是写上一个笼统而堂皇的概念。细细想来，这背后更多的是心虚。而“细化”自己的特长，则显示出一种天真的可爱和淳朴，同时是自信。

约翰求职时，在履历上“有什么特点”一栏中写道：“说谎时容易脸红。”这比起那些自称“从不说谎”的人来，要真诚得多，更能打动招考者。有些特长，虽然微不足道，但是由于你在这方面比其他人“特”和“长”，照样可以让你受用一生。

甄语录 便利店的“服务”意义，似乎盖过了盈利意义，主打“24小时陪伴”。

24小时的便利店，会亏本吗

□板　哥

深夜，你在下班路上经过街角一家不起眼的便利店，走进去为自己买了份夜宵。

凌晨时分，这里的进店人数少之又少。你不禁产生好奇：7×24小时亮灯、永远都在营业中的便利店，真的不会亏本吗？

作为都市社区生活的标配便民服务，便利店的“服务”意义，似乎盖过了盈利意义。但24小时便利店，也许比你想象中更赚钱。

首先，随着GDP（国内生产总值）同步增长的夜间消费需求，可能超乎想象。

数据显示，美国人有1/3的时间、1/3的收入、1/3的土地面积用于休闲，其中60%以上的休闲活动在夜间。

在英国，2017年的夜间经济占全英国GDP的6%，成为英国的第五大产业。其中，夜间经济更是为伦敦提供了八分之一的工作岗位。

而在中国，各城市便利店的发展基本上与各城市的GDP增速保持同步。996、007等加班现象，一定程度上促使部分打工人的上班时间被延长，他们的夜宵需求正是便利店盈利的机会。

《第一财经》曾对上海某便利店展开随机调查，这里18点到次日6点以盒饭、饮料、酒类和小食的销售为主，占全天营业额的30.5%。罗森华东区工作人员也透露，当年罗森夜消费的占比是总营业额的三四成。对区位优势较好的便利店而言，通宵经营不仅不亏本，还可以实现营业额的突破。

其次，由夜间外卖经济带动的便利店营业额，影响力不容小觑。

2016—2018年，上海夜间每小时平均活跃商户数以年均52%的速度增长，其中凌晨3点至5点仍活跃的商户数，年均增速更是超过100%。

在线外卖App为便利店消费提供了更便利的选购方式，很大程度上也带动了便利店的夜间营业额，通过线上渠道为线下门店实现了更高效的引流，缓解了门店运营成本的压力。

最值得一提的是，“24小时不打烊”这一主打温暖概念的“高成本”，反而塑造了足以“碾压”大型超市的决定性优势。

走在凌晨4点的城市街道上，你知道哪怕周围再冷清，总会有一家亮着灯的便利店。再从品牌服务的维护角度出发，夜间营业的便利店，更有利于提高清洁、整理类的后勤工作效率。

不少城市中心区域，白天不允许大货车进出。因此，在人流量较少的夜间进行收货、点算、整理货物等工作，既有利于提高效率，也可以避免在白天影响到消费者的入店体验。

2021年7月，商务部等11个部门联合印发了《城市一刻钟便民生活圈建设指南》。其中提到重点发展品牌连锁店、提高品牌连锁化覆盖率，并鼓励便利店、药店视情况延长营业时间。政策的大力支持，无疑为便利店的通宵经营提供了更好的经营环境。

近几年，受疫情和线上电商的影响，24小时便利店的经营面临着许多挑战。各城市便利店门店数增长自2020年以来整体放缓。2022年，门店数减少的城市，占所调查城市总数的15.38%。同时，日益蓬勃发展的AI商店、无人智能24小时便利店，也为门店带来了变革机会。

前段时间，山西一家便利店推出全国首家智能24小时便利店，除了零售商品，还提供微波炉服务、洗衣服务等。

在不远的将来，如何打破人们对24小时便利店的传统定义，赋予它更多想象空间，或许是让它“走得更远”的重要因素。

甄语录 那些曾经你坚定地认为不可能的事情，也许只是因为你没见过！

不可能

□鞠志杰

读一篇文章，里面提到将一根缝衣针平放在一杯水的水面上，针不会沉下去。恕我孤陋寡闻，在此之前从未听说过这件事。于是，头脑中瞬间做出判断：这不可能！

但马上转念一想，或许是真的呢？

于是，我立即倒满一碗水，又找来一根缝衣针，轻轻放在水面上。果然，针就在水上漂着，惊得我目瞪口呆。我上网搜索才知道其中的原理，原来水分子互相挤压会形成一层薄膜，这层薄膜具有一定的张力，便托住了缝衣针。当然，这个张力必须大于所托物体的重力。

我又将针拿起，再次放在水面上，结果，针沉下去了。网上的文章说，针与水面接触时会产生一定的动能，如果克服水面的张力，“撕开”那层薄膜，针就会沉到水底。显然，我在拿起针时已撕破了那层薄膜，针便沉了下去。

生活中，不知有多少“不可能”阻挡了我们继续探索或奋斗的脚步。同样，也不知道有多少“不可能”激发了我们的好奇心或斗志。

不可能，既可以成为一个愚蠢的判断，也可以成为一个崭新的开端。

甄语录 父母和孩子各自独立成为想成为的人，双方降低期望值，不把自己的期望强加给他人，这是最好的合作关系！

教育不是模仿成功的甲方

□王　芫

很多年前，我翻译过一本关于电影导演马丁·斯科塞斯的书。那并不是一本传记，只是在分析大导演创作的作品时，顺便提了一下他的成长背景。马丁·斯科塞斯出生在纽约治安很差的下东区，从小患有哮喘病。他的父母很为难：一个身体孱弱的小男孩如何在好勇斗狠的街区平安长大？思考良久，他们决定买一台电视机。那可是1948年，斯科塞斯家是整条街第一个拥有电视机的家庭。

那个年代，看电视并不像今时今日一般充满乐趣，因为电视台播放的内容十分有限。同一部片子，周一在《佳片剧场》播出，周二又出现在《好片回放》里。大量重复的观影经验在小马丁身上产生了奇妙的效果，令他对电影的内容与形式烂熟于心。上学后，老师一给大家讲故事，他就一幅接一幅地画出场景，且坚持按照1：1.33的长宽比构图。用视觉形象思考和表达，自然而然地成为他的习惯。

那时我的孩子还小，我对教育还跃跃欲试。看到这里，我就开始动脑筋了。这个故事是不是告诉我们：家长没必要限制孩子接触视听设备？现在娱乐行业这么发达，需要大量的人才去创造内容。如果不让孩子从小消费内容，他们长大后怎么能创造内容呢？

且慢，就在同一本书里，还有一个截然相反的例子。马丁·斯科塞斯的成名作是《出租车司机》，这部电影的编剧保罗·施拉德的人生则是另一种境遇。保罗的父母是加尔文宗的信徒。该宗派本来就有比较多的清规戒律，而保罗的父母又是特别虔诚、严格的信徒，以致保罗18岁之前没看过一场电影！从小接受严格教育的保罗长大后却酗酒，依赖药物……1972年夏天，既失业又离婚的保罗，人生跌到了谷底。在最绝望的时候，一个出租车司机的形象如同一头猛兽，一下子从他的脑海里蹿了出来。他用了区区10天，就写成了《出租车司机》的初稿。

这样也可以啊？那关于写作的“一万小时”理论呢？

也许，《出租车司机》成功的关键并非遵循了剧本写作的某条法则，而是塑造了一个令人难忘的人物。当这个人物带有自传性时，用于积累失败生活的“一万小时”就相当于别人用于技术训练的“一万小时”。反正有马丁·斯科塞斯负责把文字呈现在银幕上，保罗的经验不足并不是电影成功的障碍。

所以，成功的关键是找到合适的合作伙伴？教育的关键是拓展孩子的社交圈？或提

高孩子的情商？

一晃10年过去了。想到当年的心理活动，我不禁哑然失笑。为教育焦虑了这么多年，回头来看，我在教育上几乎无所作为。倒不是说我的孩子一无是处，平心而论，他们也有很多优秀的地方，只是那些闪光之处并非来自我的有意栽培。

那么，是不是说世界上不存在教育这回事呢？还真不是。所谓教育，是把甲方的信仰、理念、愿景、知识、经验灌输到乙方的头脑中。在家庭教育中，家长是甲方，孩子是乙方。在我看来，家庭教育中存在三种甲乙方关系。

第一种是成功的关系。甲乙双方互相成就。乙方并不痛苦，甲方也没有牺牲自己。这种成功的例子，我身边还真有几个。

第二种是痛苦的关系。甲方拼命想让乙方成为自己理想中的人。绝大多数家庭都处在这种关系之中，只是焦虑的程度不同而已。这种关系中的甲方有一个特点，就是认为教育是有秘诀的。他们期待找到真正有用的经验，并且加以复制。问题是：成功的教育经验能不能复制？我认为，如果成功的经验是真的，至少值得聆听，能不能复制是另外一回事。要警惕的是伪经验。所谓伪经验，就是乙方的成功是偶然的，和甲方的努力没有关系。

有一本叫《魔鬼经济学》的书，致力于揭示隐藏在表象之下的真实世界。书中有一个章节，叫作《怎样才算完美父母》，列出了家庭教育中与学生的成绩高度相关（包括正负两方面）的8个因素，以及与学习成绩无关的8个因素。比如，学生家里有很多藏书，这与学生取得好成绩正相关；父母每天都让孩子阅读，这与学生成绩完全无关。所谓相关与否，只是统计数字显示出的结果，不涉及对因果关系的探讨。不过我还是忍不住想：会不会有人看到这里，赶紧跑到书店买一车书拉回家呢？

我也曾经热衷于做个有效的甲方却失败了，于是退而求其次，接受了第三种关系：甲乙双方各自独立成为自己想成为的人。多年来关注教育，我最大的收获就是能够区别经验的真伪。但看到真正有用的经验，我也多半一笑置之，因为我深知教育不是模仿成功的甲方就能取得预期的结果。与其花时间做甲方，不如花时间做自己。在孩子的智力能够领会的范围，身教倒可能会无心插柳。别看保罗·施拉德18岁前没看过电影，说不定他的父母经常晚上偷偷出去看电影呢。

甄语录 身怀青云之志的人，遇到风总能飞起来。

高考之后最希望你知道的八件事

□陶瓷兔子

01

如果你不是特别痴心于某个专业的学术咖，在择校条件差不多的情况下，尽量去大城市，选热门的专业，然后考虑院校的名气。

时代的红利，远远比一所学校的金字招牌能让你站得更高。有钱的地方总有很多机遇，也会聚集很多厉害的人，尽量让自己有机会靠近这些机遇，靠近这些人，你才能用最短的时间打开眼界，摸准时代的脉搏。

如果有了心仪的专业，尽量去选把这一专业当作重点学科发展的院校，而不是盲目地挑一所招牌响亮的。

举个例子，如果你打定主意选语言类的专业，一所以语言类为主的院校就要比综合类的院校更合适，语言学习的资源更丰富，氛围更好不说，你还能根据学长学姐的就业方向，早早判断自己的未来走向。

02

名企招聘看毕业院校吗？当然看，但对大多数非研究型企业来讲，211/985并不是唯一的标准。

应届生招聘时，看院校对企业来讲是成本最低的筛选标准，毕竟都是一张白纸，高考考得好当然意味着学习能力强。这就意味着，非211/985院校的应届毕业生要花费更多的力气和心思在简历上证明自己。

你的对手并不需要是顶尖高校那20%的尖子，只要超过剩下80%的人，你也是佼佼者。

03

别太担心因为考试没考好而让父母失望。在你往后的余生中，在哪里工作，多大结婚，生几个孩子，你还会无数次地让他们失望。高考不过是第一次预演，彼此都习惯一下也好。

所谓家人，从来都不是要百分百满足对方的期待，而是你并不是我理想中完美的父母/孩子，但我依然爱你。

04

在这个时代，每个人都有无数机会来拉平院校出身上的差异。竞赛证书、实习经验、创业成果或设计作品，你能拿出来为自己说话的东西，绝对不止那一张毕业证书。

真正能拉开差距的，其实是一个人的心气儿。反正考砸了，那就这样吧。这种自卑导致的自暴自弃，才是一个人真正毁掉的开始。

守护好你的痛苦，记得你此刻的不甘

心，让它们做燃料，维持你内心的小火焰四年不灭。

身怀青云之志的人，遇到风总能飞起来。

05

你会失去很多朋友，但也会获得新的。然后你会慢慢发现，所谓“朋友”并不是固定的谁，而是在某段时间，某个地点，某个认知水平上，你跟某个人构建的那种默契的感情。人或许会换，但你的感觉永远不会。

06

大学不是什么加时赛，它是真正的比赛。

高考之前，每个人都只有一条单行道，无论那条路是否适合你，你都得硬着头皮走下去，而高考之后的四年，才是你最有可能为自己活的时间。

那是一个人最自由的四年，但这样的自由，却是大多数人都无法驾驭的自由。这就是无论在985院校还是在名不见经传的三本院校，都有一部分人在泡图书馆听讲座参加竞赛活动，另一部分人躺在床上玩手机吃薯片追剧昏昏度日。

靠近哪样的人，成为哪样的人，那才是你的选择，和高考没有关系。

07

大学阶段所有人都孤独。

这种同质的孤独，不会因为你是学霸一朝失足坠入混日子的舍友圈，还是如愿以偿考进了自己的目标大学就有所区别。

即便是有相同的气质，理想不同，习惯不同，甚至是节奏不同都会让你觉得自己不被理解不被欢迎。孤独不是写在课表上的必修课，而是每个人18岁之后都逃不过的成人礼。

如果能享受其中当然好，享受不了就主动一点儿，扩大自己的交际圈去寻找同类项。

08

大学最重要的不是学习。

大文豪茨威格，大学也是混了四年，每天见朋友，泡图书馆，去非洲和美洲玩，写戏剧和小说，最后几个月恶补完了考试和论文。但这一切是建立在你有明确优势，而且清楚自己人生目标的基础上。

如果你交往的朋友也是当代的弗洛伊德或者罗曼·罗兰，能只靠稿费就支撑自己四处云游，能写一本红一本，你大可不学习。

但如果你连自己想要的是什么都不知道，连生活费都要向父母伸手，就别把“大学最重要的不是学习”挂在嘴边。

它再不重要，也比睡懒觉、打游戏、撸串和吹牛重要。

甄语录 弦绷得太紧容易断，真正厉害的学习高手，都善于给自己“松绑”。

学习曲线

□郝培强

什么叫“学习曲线”？横轴是时间，纵轴是能力。我认为终身学习的人的学习曲线应该是没有尽头的。

有人在论坛上问：“现在硅谷都在宣扬二三十岁创业、成功、成为明星的例子，有没有人能够举一个四五十岁成功的例子？”有个人回复说：“我在42岁创办了Craiglist（美国大型分类网站）。”

我认为在任何一个不断变化的环境中，终身学习者只占1%。我的结论是：一个终身学习者可以秒杀任何一个领域里的同侪。

学习的方法有很多种。如果我们要考试了，要在一个星期之内从完全不懂到能够考试，那么我们的学习曲线将会非常陡峭。我觉得这是错误的方法。

大多数认为自己不聪明的人都在用一种错误的方法学习。我经常遇到一些非常神奇的初学者，有人说：“我看这本关于iOS（苹果公司开发的移动操作系统）的书三天了还没有看完。”我想问的是，这本书是三天就该看完的吗？

我一直强调不要急，为什么？因为一着急你就会做错误的事情。比如，一开始你可以在一个星期内或三天内学会一个非常难的东西，你以为你是神，一旦你做不到，你就会觉得你什么都做不了。我觉得正是这样的原因让大家以为自己不够厉害。

我经常和很多人说，刚进入一个项目的时候，学习曲线要平。比如我，要是一次就走三万步的话，大家很可能会在急诊室看到我。那我第一次的目标是怎么定的呢？我背了个包，带了很多补给，不知疲倦地走了很久。后来我算了一下，我走了六七千米。有一次，我为了见一个朋友，跨了条江，走了十五六千米。后来，我觉得我自己太厉害了，就一发而不可收。

会学习的人在开始时都是非常慢的，会给自己设定基准，给自己反馈的空间，并且永远不会把自己控制得太狠，让自己一下子崩溃。

甄语录 莫要过分专注于求新、求变，做好根基建设同样重要！

成功只需 1分创意+99分经验

□Mr. 6

多年前向一位资深餐馆创业家请教。

记得当时我讲了一个很了不起的“吃”的方面的新创意，他竟然皱起眉头。

“你不觉得，”资深创业家说，“你过度创新了吗？”

我不明白他的意思。

“特别的点餐方式，线上的噱头，或是特别的促销方案，这些有必要吗？”他说，“别只是点子、点子、点子，有时候，只要将东西‘老老实实’做出来就好！”

这时候，资深创业家开始问我：“你原本是想做什么？”

“嗯……就是，”我想了一下，“做异国派，参考意大利做法，很好吃。”

“好，那就到此为止，好好地去做出这个异国派。”他说，“通常‘派’会怎么卖？”

“就是卖到超市、摊贩，或是小咖啡厅。”我回答。

“那你有没有去看过别人怎么卖进超市，或如何开一家小咖啡厅？”他问。

“没有。”我小声地说。

接下来，资深创业家说了一句令我难忘的话，他很明白地说：“这就对了。其实你已经有一个很棒的点子，接下来只要‘抄’别人的就可以了，不必再创新。”

这段对话让我获益良多。一件成功的事，只需要一个“点”与众不同，让它成功的，却是“其他部分”。

其他部分必须“照规矩来”，做得很好，就会成功。

有人说，天才是“1分的天分”加上“99分的努力”。那么，成功其实也是1分的天才般的“创意”，加上99分的努力（执行力）。我们都太注重去创造那1分的创意，却忽略了关键是那99分的正确。而那一部分，反而是最简单的。

每个人都具有天才的那1分，大家最缺的，反而是老老实实地做好那99分！认清这一“事实”，成功就不远了。

甄语录 别人泼你冷水，你就烧开了再泼回去。

将对手的攻击变成促销手段

□张珠容

加拿大有一家刚开业不久的“西海岸”奶酪店。有一次，店老板奥利弗策划了一场促销活动，在每100块奶酪里随机放入一枚金币，然后在店门口贴出告示：谁买到含有金币的奶酪谁就是幸运者，不仅金币归他所有，就连购买奶酪的钱也可以退还。

这个活动推出之后，“西海岸”奶酪店的生意一下子红火起来。但同一条街上其他奶酪店的店主就不乐意了。他们几个联合起来，报警说“西海岸”奶酪店的金币促销活动有赌博嫌疑。警方接到投诉之后，立即要求奥利弗停止这种营销活动。

竞争对手以为奥利弗这下该消停了，可没想到，第二天“西海岸”奶酪店就贴出了另一张告示：亲爱的顾客，衷心感谢您购买我们的奶酪。就在昨天，我们接到了警方的通知：奶酪店不能用金币来促销，所以恳请各位顾客，如有发现奶酪中含有金币，请您及时退回。

“这个老板是不是疯了？谁那么傻，都吃到金币了还会退回店里？”街上的人们看到这个告示之后，把它当成了一个笑谈。几个竞争对手刚开始也觉得这种做法很可笑，可很快他们就觉察出了不对劲：顾客怎么还是一个劲儿地往“西海岸”奶酪店跑？我们的投诉难道变成了奥利弗的宣传手段？于是，他们又向警察局投诉，说“西海岸”奶酪店往奶酪里放置金币涉及安全问题，顾客很容易将金币吞进肚子里。警察局于是又向奥利弗发出了一道警告。

没想到，奥利弗又利用警察局的警告打出了一个宣传广告。他去报社买下了整整一个版面，写上几行大字：请各位顾客在享用我们“西海岸”奶酪时一定要注意，因为奶酪里有可能含有金币，所以不能吃得太快，建议大家细细品尝，以免把金币吃进肚子里，造成危险。很显然，这个事件又成了一次营销，“西海岸”奶酪店的名气更大了。

知乎上曾有个热门的话题问题：你被人泼了冷水怎么办？有人说“忍气吞声，以示大度”，也有人说“别理泼你冷水的人，加油做自己就好”。其中最精彩的一条回答现在已被传为网络热句，那就是：别人泼你冷水，你就烧开了再泼回去。

这句话用在商业竞争中也很贴切。商场如战场，好的营销活动吸引来顾客目光的同时，往往也会招来同行的嫉恨与攻击。但被竞争对手泼冷水的奥利弗非但没有屈服，反而两次将竞争对手的攻击变成促销手段，巧妙宣传了自己的奶酪店。

甄语录 世界上最难的事情不是考入伯克利，而是在这所学校找到一个停车位！

想停车，请先得个诺贝尔奖吧

□高小宝

2020年10月，美国加州大学伯克利分校教授接连获得诺贝尔物理学奖和化学奖。至此，该校获得诺贝尔奖人数已累计达109，在获得诺贝尔奖人数的大学排名中位居第三，仅次于哈佛大学和剑桥大学。

加州大学伯克利分校位于美国旧金山湾区伯克利市，成立于1868年，是世界顶尖的公立大学之一。“原子弹之父”奥本海默等人在此领导了曼哈顿计划，制造出了人类第一枚原子弹、氢弹；诺贝尔化学奖得主西博格等人在此发现了16种化学元素，其中，第97号元素“锫”，就是以“伯克利”命名的。此外，英特尔创始人之一戈登·摩尔、苹果公司联合创始人斯蒂夫·沃兹尼亚克和特斯拉联合创始人马克·塔彭宁等世界名人均出自该校。

作为享誉全球的综合性大学，加州大学伯克利分校各学科几乎没有短板。在世界大学学科排名中，该校34个专业位列前十。因此，该校对外宣传的口号是：我们的优势专业就是所有专业！

正是因为具有如此厚重的文化底蕴和辉煌成就，加州大学伯克利分校成为学者心中神圣的殿堂，也成为向世界培养和输送各类精英的摇篮与基地。由于人才的大量涌入和会集，学校在被羡慕和尊崇的同时，也出现了让人感到头痛的事，那就是在学校停车堪比登天。在加州大学伯克利分校有这样一句流行语：“世界上最远的距离不是伯克利到斯坦福，而是伯克利停车场之间的距离；最难的事情也不是考入伯克利，而是在这所学校找到一个停车位。”这绝非夸大其词。

加州大学伯克利分校主校区占地面积0.72平方千米，却拥有约45000名学生和教授，除去各类建筑物、绿化地、运动场所等，余下可供停车的地方极为稀缺。而且，即便你看到一个闲置车位也不能随便停车，还得看你有没有停车的资格。

在加州大学伯克利分校，有许多标有NL（诺贝尔奖获得者）的预留车位。也就是说，只有获得了诺贝尔奖的人，才能在这里停车。可加州大学伯克利分校荣获诺贝尔奖的人太多了，以至于放眼望去，学校到处都是标有NL的预留车位，这更加剧了停车难度。

而对学校的这种做法，从未有人提出过反对。在大家看来，这不仅是对诺贝尔奖获得者的肯定，也是学校激励学者、教授的一种手段。要想在加州大学伯克利分校停车不用发愁，那请努力奋斗成为诺贝尔奖获得者吧。

甄语录 普通人循规蹈矩只求不出错，而优秀的人往往喜欢另辟蹊径、突破自我！

顶级优秀的公司

□刘 润

我在微软上班的时候，公司提供午餐和晚餐。吃着吃着，大家就吃腻了，希望供应商换换口味。

这时候换作你怎么办？两个选择：

做满意度调查，根据员工满意度要求供应商改变餐食，或者提前一周公布餐谱，让员工提意见；

调查供应商不更换口味的原因，能不能每隔一段时间更换大厨？如果是因为成本，要不要多付钱给供应商？

由于午餐人数比晚餐要多，利润也高，微软两个都没选，它是这样做的——

选2家供应商，一家提供午饭，另一家提供晚饭；

每3个月做满意度调查，关于员工喜欢午饭还是晚饭；

如果喜欢晚饭的多，午饭、晚饭供应商交换；

如果连续6个月午餐都胜出，更换晚饭供应商。

自从这个制度开始实施，那些表示“自己已经做得很好了”“换口味成本就要大幅提高”的供应商，很快就能提供比原来好得多的服务。

普通人遇到这个问题，第一反应是做满意度调查，去要求供应商提高服务；

优秀的人会帮助供应商分析原因，找出解决问题的办法；

可是顶级优秀的人，不但引入了竞争公司，还把供应商的责任和利益绑定，改变了原来的模型。

甄语录 找到最适合你的读书方法，你也能轻松拿高分。

“一遍”读书法

□严耕望

我自少年读书时就喜欢把所有问题都条理化、系统化，这也许和我的才性有关。我的记忆力极差，几乎毫无背书的本领，但理解力还过得去。为了应付考试，任何课程的教科书，我只极仔细地看一遍，并加以条理化、系统化的题识（标记）或笔录，以后复习只看题识、笔录，很少再看全书，所以花的工夫不太多，也能获得相当高的分数。

甄语录 人们在网上叫好时，其实是在变相暴露自己的私密信息。

“赞一个”泄露你的隐私

□译/韩晓晨

在微博上“赞一下”感兴趣的消息，或是在论坛里顶起中意的帖子，似乎已经成为最偷懒的网络互动方式。近来的研究却发现，当人们在社交网站上大发好感时，往往已经将自己的政治倾向、宗教态度、婚姻状况和兴趣爱好等信息暴露了。

网络检索词和社交网站信息正迅速成为科学家青睐的海量数据库，越来越多的研究者尝试筛选这些信息，以研究人类活动中某些微妙的模式及关联。

执掌此项研究的英国剑桥大学心理学家米加尔·科辛斯基表示，“人们在网上叫好时并没有意识到，自己其实是在暴露非常私密的信息”。

“脸谱”的广大用户“可圈可点”的范围大到一项公共政策，小到一部电影或一张邻居晒出的猫咪照片。在此项研究中，调研对象已经挂在网上的赞好行为多达人均68次。研究者利用人口统计、行为问卷和心理学测验获得关于网络用户的数据，并将这些数据与他们的网上“赞好”进行分析比较，以确定是否可以仅依靠用户的赞好模式预测其个人信息。

结果显示，尽管并非百分百准确，但通过“赞一个”得出的预测在很多方面的精准度堪比个人测试。

比如，研究者发现，如果一位用户对美国得克萨斯州奥斯汀市、电影《绝地奶霸》和“恋爱只是两个人的事，与他人无关”的论调竖起大拇指，再联合其他几个赞好项目，便可得出该用户“嗑药”的结论。相应地，如果有人“赞”了游泳、奥利奥碎屑冰激凌和“脸谱”网站上名为“穿着袜子滑地板”的网页，他就不太可能服用禁药。

至于数据模型的预测精准度，研究者表示，通过赞好信息的组合预测用户倾向民主党还是共和党的准确率可达85%，判断其是黑人还是白人的准确率可达95%，而对男性用户是否同性恋的分辨率可达88%。

利用公开的赞好信息分析用户及其需求并没什么可大惊小怪的，营销专家和社会科学家从很早以前就开始使用网络信息预测使用者的个人特质了。实际上，网络用户大大方方晒出来的赞好信息已经为一些点对点的精确营销创造了商机。

尽管如此，美国纽约大学信息法律研究中心主任海伦·尼森鲍姆还是提醒人们在公开表态时多留个心眼：“很多人在同意提交某些信息时，并没有想到旁人从这里面能推测出什么。”

甄语录 明天和意外不知道哪个会先来，早做准备，才能无憾此生。

你离世后，支付宝里的钱怎么办

□猛　犸

“60年后，Facebook（脸书）上将会有6亿个死亡账户。”这是个笑话，也是个显而易见的事实，还是个难题。

浮云归大壑，敛迹随风去。走的人已经走了，留下的人还得面对生活。人们留下的遗产，在充满可能性的信息时代，也变成了一个不确定的问题。

我们在微信和支付宝之类的应用里存了一些财产，在各种社交网站里留下大量照片、视频和文字，在游戏里购买虚拟货币……直到一切戛然而止——它们都变成了遗产。

数字遗产，信息时代的新产物，却没有与之对应的新规则。就连联合国教科文组织也意识到了数字遗产问题的严重性，开始制定数字遗产保护规则。虽然和个人遗产不一样，但是基本逻辑相同。

承载了我们的记忆和财富的东西，我们总希望能够留给后人。但这些财产的继承，目前还没有完善的法律方案。亲属往往不知道你在哪些网站申请了账号，更不知道密码；甚至你的继承人根本不知道你在哪里存放了财产。即使知道，他们也无法直接获得这些财产的使用权。有些政府部门已经意识到了这个问题。

从几年前开始，美国的一些州开始陆续通过法案，允许继承人继承死者的网站账户密码等；但是这并不是一个很合适的解决方案。不同的网络服务提供商分布在不同州，适用不同的法律；而出于安全考虑，甚至提供商自己也不知道密码是什么。

而且，网络服务提供商的协议里，一般都不会允许账号密码的继承。有些时候，网站的账号密码属于运营商，例如QQ账号属于腾讯公司；有些时候，运营商为了保护用户的隐私，不同意其他人获取用户数据。

存放在银行和第三方机构中的现金资产，可以通过提交特定文件的方式来申请，并且转移到其他账户中；所购买的其他理财产品，可以在银行查询流水，根据保证金的去向去相应机构查询。虽然不算方便，但是聊胜于无。

和现金资产相对的，是网络服务中的虚拟财产，例如游戏中的武器和装备。有些虚拟装备很值钱，但不一定可以被继承。《第二人生》中，用户创造和购买的东西属于用户自己，而《魔兽世界》中，所有装备的所有权都属于暴雪公司。

可以说，数字遗产比真实世界中的遗产更复杂。可行且让所有人满意的法律，可能还需要更长的时间才能制定出来，且法律的制定总是比技术发展慢得多，我们应该未雨绸缪。

互联网上已经有了一些服务，能够在人们离世之后，将特定信息转发给指定联系人——若是一段时间内无法联系到你，就做出最坏的假定，然后转发预先设定好的信息。这种做法虽然有些悲伤色彩，但最少可以承担起一个遗嘱执行人的部分角色。

或者我们也可以自己动手来搞定：记录自己的每一个账号密码、每一笔投资，然后设定某种机制来让继承人能够在我们死后打开它们。例如，我们可以将所有账号密码存在一个密码管理软件中，然后将密码管理软件的打开密码写进遗嘱或者放进保险箱——就像把财产放进保险箱，再把钥匙放进一个新的保险箱里那样，这是探宝游戏的套路。

这是有必要的。瑞士银行在第二次世界大战之后留下的大量死账，就是前车之鉴：明天和意外不知道哪个会先来，早做准备，才能无憾此生。

甄语录 红色是一种较具刺激性的颜色，容易让人产生“冲动行为”和“上头”的感觉。

红色刺激消费

□张　恒

每年“双11”，虽然各个平台竞争激烈，却有一个共识：主流页面都采用鲜艳的红色。

在色彩心理学上，红色是一种能够使人们的欲望更加强烈的颜色。早在2004年，英国达勒姆大学的两位学者，就关注到红色对人的情绪、思维的影响。

比如，在赌场里，虽然筹码五颜六色，但经过统计发现，拿红色筹码的人，比拿蓝色筹码的人下注更多。

色彩心理学家还建议，如果你最近正在找工作，红色衣服或许会让你的面试表现更好一些。

另一个被色彩心理学家广泛引用的例子是“红灯区”，这些场合，总是被鲜艳的红光覆盖。我相信，那些购物平台也清楚这一点，为了影响我们的思维，刺激我们的购物欲，他们已经考虑到了每一个有用的细节。

甄语录 无论做什么事情，能退方进，有舍才得。

土门寺的补鞋匠

□侯 建

土门寺外有一条繁华的街道，一街两行各家的生意都是出奇地好。因为人流量大，不少租不起房子的人就在道旁摆地摊，其中就有一老一少两个补鞋匠。

说起这两个补鞋匠，大家都挺熟悉的，两人的手艺不相上下，都很出色。而且，两人相处得很不错，以至于很长时间里，大家都以为这是父子俩。反正都是一家，肥水不流外人田，谁挣钱都一样，所以不管谁去，都是随便给哪一个就好了，没心没肺。

可后来大家弄明白了，两人压根就没有血缘关系，而且来自不同的村庄。再去补鞋时，就变得左右为难。有心把鞋给年轻人吧，老先生那可怜巴巴的眼神简直让人不忍直视。有意让老先生补吧，年轻人又会不停地唉声叹气，自说自话什么时候才能挣够回老家娶媳妇的钱。

天天抬头不见低头见的，谁想得罪人呀，惹不起还躲不起吗？于是大家不约而同地选择多走点路，去找另一条街上一个手艺一般的补鞋匠。一来二去，两人的生意都稀了。

这天早上，出人意料地，老先生竟没有来出摊。年轻人不由得一阵窃喜。一直到中午，老先生才不慌不忙地走过来，却两手空空什么也没带。年轻人大惑不解，老先生却轻轻地笑了：“一个人，生意是不是要好些？”年轻人不好意思地点点头。

老先生叹了口气：“以前，咱俩囚在这一个地儿，争生意，抢顾客，结果呢？谁也没有多挣一单，反而顾客越来越少。事不是这么办的呀，我换到菜市场顶头那儿了。”

年轻人过意不去，非要请老先生到饭店里坐坐，老先生摆摆手：“客气啥？我岁数大，应该让一让。”

年轻人也没忘记老先生的好，做不完的生意，都介绍到老人那里去了。

这是我父亲给我讲的故事，那时候我们爷儿俩正在看电视。

电视里一只猎豹闪电出击，把一只落单的梅花鹿卡着脖子摁在地上摩擦。一切只是个时间问题，窒息死亡是鹿的最终结局。就在猎豹开始享用美味的时候，一只鬣狗闻着气味跑了过来。

毕竟是猎豹，鬣狗不敢强取，先是在附近小心翼翼地旁观，接着就开始一步一挪地往近前靠拢，带着很大的试探性。结果，鬣狗每进一步，猎豹就后退一步。结局完全不在我们的预想之中，鹿被鬣狗截和了。

猎豹远远地看着，弃之不忍，食之无

望，满眼都是无可奈何。

依我看，猎豹大，鬣狗小，体量悬殊，如果正面交锋，鬣狗绝对占不了上风。

但猎豹为何一退再退呢？说不敢，我不信，大概是不愿吧。

果然，解说员做了分析。他说猎豹的优势在于极强的爆发力，物种进化让其身体柔软、骨头细长，这就严重影响了它的战斗力。

按说，瘦死的骆驼比马大，在力量的抗衡上，与擅长团队作战的鬣狗单挑，猎豹绝对稳操胜券。

但解说员说，对抗是有风险的，猎豹一旦受伤，就会丧失快速出击的可能，捕猎场上就再也不能一展英雄风采，草原之王最终会被活活饿死。

如此看来，一时的逞强就是一生的代价。选择退让，就是规避灾难。确保不受伤，才是最大的胜利。一只鹿没有了，可以重新捕猎。如果连命都没有了，还要鹿做什么。

也就是在那时候，父亲给我讲了土门寺补鞋匠的故事。没有强壮的筋骨，就要有高速运转的大脑，猎豹是，补鞋匠也是。

无论做什么事情，能退方进，有舍才得。退让不是放弃，而是为了以退为进，取得更大的胜利。就连《广阳杂记》中也说：人以谦和退让、含忍宽厚为治人事天第一义。

甄语录 生活中的小细节亦可作为识人的一项考核标准。

赵构用公筷

□张　希

自古皇帝用膳都讲排场，即便是被金人撵得到处跑，最终偏安一隅的南宋朝廷也是如此。话说宋高宗赵构吃饭，一顿也得上几十道菜，不过赵构有一个特殊习惯，他命太监每餐给他准备两双筷子和两个汤匙，他总是先用一双筷子或一个汤匙将食物、汤羹夹入或舀入自己的碗中，然后用另一双筷子或汤匙食用。每餐如此。

时间一长，皇后看着纳闷，就问高宗原因。高宗这才道出原委：“吾不欲以残食与宫人食也。”原来按照宫中惯例，皇帝吃剩下的菜肴都是赏赐给宫女太监们吃。高宗不想让他们吃自己剩下的菜，才特意用“公筷”“公勺”拨出来吃。

据史料记载，赵构在吃饭的细节上堪称帝王楷模，他坚决不用奢华的餐具，吃饭绝不浪费，用公筷夹到自己盘、碗中的食物永远吃得干干净净。此外，在饮食习惯上，高宗很少吃肉，多是吃蔬菜、豆腐，这种良好的饮食习惯，大概也是他长寿的原因之一。

吃饭的小细节，或许有助于人们重新认识赵构——这个被历史基本定位为昏君的皇帝，也有不为人知的细腻的一面。

甄语录 每个脂肪的背后，都是无数个土豆牺牲自己，给你换来福报。

土豆真的拯救过世界，不骗你

□蒜洋葱薯片

在近千年的世界人口数量变化中，我们可以看到1700年前，人口基本是龟速增长，但1700年后，人口增速像坐了火箭般飙升。

学者们对此提出了很多解释，有人说是生产力支撑起了它，有人归功于医疗水平的提高，还有一些学者，则将目光转向了它。

是的，就是那颗昨晚被你煮成咖喱土豆的土豆。

人口爆发的时间点，正好与土豆传播至世界各地的时间接近。各地的案例似乎也能说明土豆促成了人口增长。瑞典广泛种植土豆后，人口在100年内增长了近一倍；在中国，土豆传入后的400年里，人口也从不足1亿增长到4.3亿。

但同时期远渡四海的还有玉米等作物，凭什么功劳就是土豆的？或是根本搞错了因果，是人口增长了，才需要种植更多土豆？

哈佛大学的学者就把这些变量都考虑在内，做了严格的定量分析，发现适合土豆种植的面积每增加1%，人口平均会增加0.032%。

这听起来微不足道。但是放大来看，如果是在土豆没有传入亚非欧的平行世界，世界人口的增幅将变为原本的74%。而你，可能就成了那消失的26%。

我们也可以从反面看到人们对土豆的依赖。1845年，一场马铃薯霍乱——马铃薯晚疫病在欧洲暴发，短短两年后，土豆就减产到原来的1/5。

大量爱尔兰人因吃不到土豆而饿死。爱尔兰人口在短短十年间，减少了近100万。幸存下来的人，也挣扎在饥饿、伤寒与霍乱的肆虐中。

土豆养育了无数人，但是，在它刚传入欧洲时，并不受待见。高贵的欧洲贵族只把土豆花用来观赏，至于土豆本豆，却因外表丑陋，遭到嫌弃。有人传言土豆有毒，有人说吃了土豆会得麻风病，还有人因为土豆能无性生殖将它视为违反伦理的恶魔之果。

真正让土豆在主食阵营晋升的，正是饥荒。欧洲接连的战争让小麦等粮食减产，农民开始种更多的土豆。因为土豆易养，只要不是盐碱地，它在干旱、贫瘠的土地，都能存活。浇一立方米的水，就可以让6.2～11.6千克的土豆喝饱，而同样的水量只能滋润1/10重量的小麦。喝得少产量却不低，土豆的单位面积产量平均是小麦的3倍多。

土豆低调地藏在土里，不像小麦显眼，以前的欧洲农民还能因此躲过税收而偷着乐。正是因为它过硬的业务能力，从智利南部到格陵兰的100多个国家都种植土豆，海拔跨度达4700米，就算是在青藏高原、黄土高原上，土豆也可以快乐成长。

不满足宽度与高度，土豆仍然在不断充实自己，它正借助NASA（美国国家航空航天局）之力，试图冲出地球，在火星上生根发芽。

作为如此光荣的未来之种，各国都在争相成为土豆的头号粉丝。美国建立了土豆博物馆，波兰竖立了土豆纪念碑；德国人在祭奠大力推广土豆的弗里德里希大帝时，会给他送上一颗土豆；智利和秘鲁为了土豆吵得不可开交，都认为最早的土豆来自他们国家。

联合国甚至宣布2008年为“国际马铃薯年”，表彰土豆在战胜饥饿与贫困中的殊荣。

毕竟，直到今天，吃不到土豆仍让我们生无可恋。当日本麦当劳因疫情土豆供应不足，决定将薯条变小份并限购时，网上随即就出现了大帮“薯条难民”，哭诉着吃不够薯条的痛苦。

土豆仍默默滋养着我们，不信摸摸你的小肚子，每个脂肪的背后，都有无数个土豆牺牲自己，给你换来福报。

甄语录 有对手，保持警惕，便不失活力！

做追赶的人

□黄小平

一个跑步运动员，在下列哪种情况下能跑出更好的成绩呢？一种情况是自己单独跑，另一种情况是跟对手一起跑。

经过测试，跟对手一起跑能跑出更好的成绩。

跟对手一起跑时，假如你跑在前面，对手就会在后面紧紧追着你，你便成了“被追”的对象；假如你跑在后面，你便会紧紧地追着前面的对手，而成为“有所追”的对象。

“被追”，给人的是驱动力；“有所追”，给人的是感召力，而驱动力和感召力最能激发一个人的潜能和聪明才智。最不可取的，就是一个人“无所追”，“无所追”最容易让一个人流于平庸。

一个人怎样跑出更好的成绩，怎样取得更大的成功？就是找到自己的对手，让自己“被追”或“有所追”。

甄语录 方向错了，再多的努力也是徒劳；做正确的事，才能事半功倍！

适合比努力重要

□赵　星

去年冬天，我在做一个关于旅游的项目，时间很紧，需要找个实习生。发布消息之后，我收到了大量的来信。其中有一个女孩，讲述了自己在旅游方面的心得与经验，以及环游世界的经历。我觉得她的经历与客户的需求挺吻合，除了没有办公室的工作经验之外，其他方面都很不错。

我特别想找那种有不同经历的实习生，而不仅仅是成绩好、学校好的乖学生。面试之后，这个姑娘表示自己吃苦耐劳，办公室里用到的各种工作技能都会好好学，只希望给她一次机会。我也觉得对实习生不需要有太高的要求，应该多给年轻人机会，说不定就可以成长为未来的新星。于是，拒绝了很多名校的优等生之后，我把这个女孩招进来了。

工作一段时间之后，我有些沮丧地发现，实习生的办公室经验为零是多么重大的问题。光有经历远远不够，没有商业经验的人，很难将经历转化成洞察力，也无法对客户的需求有实质性帮助。在这种情况下，这个女孩只能做些办公室协助工作来体现自身价值。

但是很遗憾，她常年在国外旅行，对国内的很多情况完全不了解，甚至没有支付宝，不会用淘宝，没有国内银行卡来转账，而这些是协助我工作的重要内容。同时，Word、Excel、PPT等操作软件，她用起来也不是很熟练。我很努力地说服自己，给她时间，给她机会，毕竟她是我招进来的，她像我当年一样，跟别人比起来是那么不同，我相信她可以做到。但又过了一段时间，她依然不行——有进步，但没我想象中那么大。

半年过去了，我没有时间再等了，并且那时候领导已经新派了一名实习生给我，很能干，几乎可以完成80%的辅助工作。

有一天晚上，我跟那个女实习生谈到了离开的问题。她很难过。我知道这种滋味，坚持了几个月，我能看到她在努力地让自己适应这里的一切。但很多时候，不是光靠努力就可以成功的，适合比努力更加重要。我尽可能地向她说明这个道理，但我知道她一定不会相信，还是会觉得是我炒掉了她。

可就在同一天晚上，我看到一个辞职去创业的前同事发了一则招聘启事，是一家组织出境亲子夏令营的公司，要求英语好、有国际旅游的丰富经验、喜欢小孩子、有亲和力、努力，每个周末几乎都不在国内，因此最好是单身，并有一定的组织和策划能力。这简直就是为我的实习生量身定做的职位，每一条都那么适合她。我赶紧把这个信息转发给她，并鼓励她去面试。

三天后她告诉我，准备去那边上班了，是正式员工，工资比我这里还高出2000元。我特别高兴，因为她找到了适合自己的那条路。而在此之前我也很担心她会一直陷在实习失败的阴霾中。

她真的很棒，只是不适合留在我这里。

又半年过去了，我经常能收到她在世界各地游历的照片，看到她在新公司和同事们融洽相处的场景，听到她重新租了房子，做英式早餐、美式咖啡的消息。她终于重新回到当初面试时她自己的样子了，而不是勉强待在我这里努力适应别人、适应环境。

经常有实习生说，领导觉得我不好，不合适，可是我很努力了，好委屈。其实，你真的已经很棒了，但是世界好大好大，大到你不可能适合每一个地方。但这并不代表你不好，或者你很糟——仅仅是不合适而已。而实习本身就是一个让你不断试错，发现自己的喜好和不足，不断调整自己的过程。在这个过程中，发现合适是你的幸运，收获失败也是一种幸运。你要知道，实习是你接触社会的第一步，谁都无法精准地一步到位。

甄语录 文学的魅力不可用数字估量！

2+5=10000

□王厚明

有一次，在西南联合大学任教的闻一多给学生们上课，他走上讲台，先在黑板上写了一道算术题：2+5=？学生们疑惑不解，私下议论道："闻先生是教国文的，怎么出了一道如此简单的数学题？他不会是走错教室了吧？"然而闻先生执意再次问大家："2+5=？"同学们回答："等于7！"闻一多笑着说："不错。在数学领域2+5=7，是千真万确的，是天经地义的。但是，在艺术领域，2+5=10000也是可能的。"

看到学生们满脸的疑惑，闻一多接着说："为了让各位同学明白这一点，请大家看这样一幅画。"他拿出一幅题为《万里驰骋》的图画叫学生们欣赏，只见画面上突出地画了两匹奔马，在这两匹奔马后面，又错落有致、大小不一地画了5匹马，在这5匹马后面便是许多影影绰绰的黑点点。

闻一多指着这幅画说："从整个画面来看，可以明显地看到前后只有7匹马。但是，凡是看到这幅画的人，都会感觉这就是万马奔腾的景象，这难道不是2+5=10000吗？"随后，闻一多又让学生谈谈对这个问题的看法和感想。听完学生们的回答后，他说："大家说得都很有道理。我今天就是要大家明白，文学艺术作品的内涵和容量不能像数学用公式来计算。文学艺术作品的可贵之处在于含蓄，要能给人以广阔的想象空间。"

甄语录 太过于直接有时难免会招致抵触和不满，“绕”一下反而能帮助我们更快地达成目的。

“绕”的智慧

□秦　湖

春秋时期，在楚庄王的治理下，楚国人民安居乐业。但是，楚国的运输工具仍比较落后，出行用的马车底座较低，不仅容易碰伤马腿，而且车速很慢，一旦发生战争，不利于运送物资。

楚庄王于是召集大臣，商议将全国的马车底座改高。楚国令尹孙叔敖认为这种做法不妥，对楚庄王说：“老百姓已习惯乘坐这种低矮的马车了，如果大王强行命令老百姓改造马车，势必会招致老百姓不满。”

楚庄王听了觉得有道理，就问孙叔敖有什么办法。孙叔敖提议说：“只要让各地的官府发布告示，就说根据天文历法推算，今年有可能会发大水，为了避免洪水漫进房屋，各家各户的门槛都要加高一些，这样就可以了。”随后，孙叔敖又详细解释了其中的玄机。楚庄王听了，高兴地点头表示赞许。

很快，告示就在全国发布。老百姓为防范洪水，都自觉地将自家门槛加高了。可这样一来，低矮的马车在进门时，车底座就会碰到门槛。马车过不去，乘车人就不得不下车，让人先把马车抬过去。时间一长，大家都觉得这种低矮的马车太不方便了，于是纷纷把马车底座改高。结果，半年之后，楚国所有低矮的马车全部改造完毕。

欲速则不达。太过于直接的强硬要求，往往会招致抵触和不满。这时，我们就需要孙叔敖这种“绕”的智慧。

甄语录 话出口时当谨慎！

言　戒

□佚　名

恶言不出口，苛言不留耳，出言不慎，驷马难追。

快乐之时说话，没信用的多；愤怒之时说话，失礼节的多。

当面责人之短，人虽不悦，未必深恨；背地言其短，令人不悦，怀恨甚深。

对失意者，莫谈得意事；处得意日，莫忘失意时。

喜闻过者，忠言日至；恶闻过者，谀言日增。

得人善言，如获金珠宝玉；予人善言，美于诗赋文章。

甄语录 国君“带货”，威力巨大，可以捧红一样事物，也可以灭掉一样事物。

带货帝

□丁时照

《韩非子·外储说左上》说，齐桓公喜欢穿紫色的衣服，全国的人也因此都穿紫色的衣服。那时候，五匹没有染色的素布都换不到一匹紫色的布。齐桓公亲自“带货”，紫服、紫裤、紫绢、紫布销售一空，价格居高不下。

“带货帝”不止齐桓公一个。“楚王好细腰，宫中多饿死；城中好高髻，四方高一尺……城中好大袖，四方全匹帛。”楚王兴趣爱好太广泛了，属于古代的“带货明星”，既带货物，也带事物。推而广之，吴王好剑客，百姓多创瘢；李煜好金莲，妇人皆缠足。上有所好，下必甚焉。

但总有逆行者，众人皆醉我独醒。晋文公就是个异类，他喜欢士族官史穿不好的衣服，所以文公的臣下都穿着俭朴。

国君“带货”，威力巨大，可以捧红一样事物，也可以灭掉一样事物。

齐桓公看到齐国境内一片紫，甚为担心，问管仲：“我喜欢穿紫色的衣服，这让紫色的布料变得很贵，而齐国百姓好穿紫色衣服的风气也刹不住，怎么办？”管仲说：“这个太容易了，您自己先不穿紫色衣服，然后对身边侍候的人说您非常厌恶紫色的衣服。”齐桓公依言照办。从这天开始，宫中再没有一个人穿紫衣；第二天，国都内没人穿紫衣；三天后，四境之内再无人穿紫衣。

把复杂的事情简单处理，“带货帝”真是高手。

甄语录 尺有所短，寸有所长。

各有长才

□蔡志忠

两种植物共饮一条溪水，一种是中空芦苇，一种是甘蔗。

甘蔗嘲笑芦苇说：“虽然我们长得很像，但我肥美甘甜，而你中空无用。”

芦苇说：“我们被收割后，你只存在一天，我被制成纸，印成经典，传世一千年。”

好或不好，有用或无用都是客观的，而非事实。下雨是好事还是坏事，要看之前如何。如果已经连下一个月，即是坏事。如果久旱逢雨，则是天大的好事。

甄语录 稻盛和夫：读书的厚度，决定了人生的宽度！

“彩色认知”与“黑白决策”

□人神共愤

所谓“彩色认知”，就是我们在理解一件事情的时候，一定要从多个维度去了解，维度越多，你的理解就越深刻，后面的决策和执行才能越从容。

在认知这件事情上，我们最容易犯的错误就是“黑白认知”，不是对就是错，不是好就是坏，常用的方法就是“贴标签”。

还有一种更常见的认知倾向是“灰度认知”，比黑白认知好一点，不是绝对的好坏，而是有一点儿好或有一点儿坏，但它只有一个认知维度，仍然不是一个全面的认知态度。

认知与决策和执行的关系，就像写作，你准备了几十万字的素材，最终出来的只是几千字的文章。其实，“彩色认知”是一个大家都认同的要求，但很多人做不到，更多是受“干货思维”之害。觉得理解那么深，太“浪费”了，不如直接来点“干货”。然而，“大道至简”的前提是“认知至繁”。

“黑白决策”与“彩色认知”完全相反，即你的决策就是一个判断，干还是不干，往哪个方向干，越简单越清晰越好。

在决策的问题上，普通人最容易犯的错误就是“灰度决策”，特点就是犹豫，当断不断，到了最后关头只能胡乱选择一个，就是我们平时说的，反复纠结，草率决定，迅速后悔。

对职场人而言，想要做出有效的“黑白决策”，需平时多在“彩色认知”上下功夫，让自己变得更加丰富，思考维度更加多元，职场之路也会越走越顺利。

总之，复杂的认知不一定能做出明确的决策，但明确的决策一定是从复杂的认知中来。

坚持 | 人生昧履，砥砺前行；
始不垂翅，终能奋翼！

甄语录 人生不能选择“放弃的路”，不能拒绝“成长的路”！

如果没有考上理想的大学

□王小吉

高考结束后，很多人的人生走到了一个关键的十字路口。而此时如何选择前方的路，对未来的生活至关重要。

有些人幸运地考上了自己理想的大学，顺利地读了自己喜欢的专业。而另外一些人，由于种种原因，没有考上理想的大学，因而非常沮丧和迷茫。如果你也是其中的一员，那么未来又该何去何从呢？

我有一个资深的来访者小雅，十几年前，她在高考中发挥失利，没有考上理想的大学。因为父母不同意她复读的计划，所以她被迫去一个西部小城读了三年大专。

这三年对小雅来说是极其难熬的，也是充满怨恨和无奈的。她把全部的时间都用在了追悔和埋怨上。

三年下来混到了一个没有任何含金量的文凭，自己又没有真才实学。毕业后，回到家乡省会城市的处境可谓相当艰难和尴尬，小雅的日子一直过得很不如意，而追究原因，小雅认为全是父母没有让她复读造成的。因为她一直坚信，没有一个过硬的文凭，她的人生已经没有任何希望可言。

和她有相似经历的是我的另一个来访者，他叫小峰，十九岁，上大二。他考上了一所三本学校，从此他的生活就变成了吃饭、睡觉和玩游戏。

我问他，将来有什么打算？他说，想做生意。我提醒他，如果从商应当去学经营管理方面的知识。他惊讶地望着我，不解地问道：“做生意这么简单的事，还用花时间学？”

我看着小峰，仿佛看到了另一个小雅，我不禁在想，他们把大好的光阴拿来虚度，难道只是因为他们没有考上理想的学校吗？而没考上理想的学校就注定一生会失败吗？

事实上，有好多成功人士根本没有踏入过大学校门，比如只有小学学历的童话大王郑渊洁，只有初中学历的钢铁大王安德鲁·卡内基、数学家华罗庚。而大学没毕业的也大有人在，如比尔·盖茨。

所以，是否考上理想的大学，有没有一张过硬的文凭与人生是成功还是失败并无绝对关联。

心理学上有一个著名法则叫“费斯汀格法则”，它来自美国社会心理学家费斯汀格。该法则指出，生活的10%是由发生在你身上的事情组成，而另外的90%则是由你对所发生的事情如何反应所决定。

费斯汀格曾在书中讲过这样一个故事：卡斯丁早上起床后洗漱时，将自己的高档手表放在洗漱台边，妻子怕表被水淋湿，就顺手拿过去放在餐桌上。儿子起床后到餐桌上拿面包时，不小心将手表碰到地上摔坏了。于是二人争执起来。一气之下卡斯丁直接开

车去了公司，快到公司时才意识到自己忘了拿公文包，又立刻转回家。

可是家中没人，只好打电话给妻子，妻子往家赶时，撞翻了路边水果摊，她不得已赔了一笔钱才脱身。拿到公文包时，卡斯丁已经迟到15分钟。

妻子因为早退被扣除当月全勤奖，儿子当天参加棒球赛，原本有望夺冠，却因心情不好发挥不佳，第一局就被淘汰了。

而这次事件的90%，只因其中的10%，即那块被无意间掉在地上的手表引发。

事实上，没有考上理想大学对人生成功失败并不起决定作用，真正起决定作用的是，在那之后的路该如何走。是把这失败的10%一直无限扩大成100%，还是通过自身的努力书写好后面的90%，何去何从皆掌握在你自己手上。

而如果推卸责任，拒绝成长，你的人生也就永远定格在高考那一年了。

反之，无论高考成绩如何，90%的命运仍然掌握在你手里，相信自己，相信未来，努力追寻梦想，你就仍然有机会拥有一个无限光明的未来。

甄语录 思变方能进取！

“文章”原本是彩色图案

□赵晓晓

最初，“文章”一词与其现代意义迥异。“文”和“章”都指有色彩的条纹图案，红蓝相间叫“文”，红白相间叫“章”。“文章”二字连用，即指色彩斑斓的图画。

“文章”被译为现在的“文字作品”之意始于汉代。那时，社会上崇尚文字的风气极浓，人们都喜欢用“文章”来赞美那些文采华丽的作品，久而久之，就演变为今天的“文章”，成为专指文学作品的固定名词。

甄语录 只要你能不被困难打倒，命运也拿你没办法！

篮球少年张家城：面对困难，正面硬刚

□肖薇薇

这是一场特别的篮球单挑。张家城左手运着篮球，紧盯着高出一个头的防守球员，从三分线外一个单手背后运球，虚晃向左跨步，转身后仰跳投篮，他右臂半截空荡荡的黑色衣袖随身体扬起摆动，球进了。

张家城是广东云浮高村镇中学的一名初一学生。2020年5月30日，他应邀去珠海观看一场篮球赛。比赛间隙，几位球员邀请他单挑。这段视频被现场观众传上网络，经库里、利拉德、塔克、易建联等球星转发后，浏览量超过千万，引发了网友对“独臂篮球少年”的围观。

随之而来的媒体、球馆和“网红”公司打破了这家人生活的平静。张家城收到了球鞋、签名篮球，参观了广东宏远篮球俱乐部，注册成为广东省青少年运动员，他似乎与自己的篮球梦想“靠近了一点儿”。

但这一周里，密集的采访让这个13岁的少年一度崩溃“哭了”。他每天上课和固定的练球时间被采访侵占，练球时也被打扰，有人甚至走到篮板下，凑近猛拍正和同学打球的他。

带上“独臂篮球少年”标签的视频和文章热度居高不下。但张家城更希望被称作“篮球少年”，他并不喜欢“独臂”这两个字。“我只想证明我跟别人没有不一样，我会努力地练篮球，生活中的事情都会去努力做好。”

张家城是在5岁时失去了右手臂。当时他刚在云浮市区上完幼儿园小班，到外婆家过暑假。外婆家在镇上开着一间榨油坊，榨油的机器一整天都开着，大人忙活的时间，他把右手伸进了机器里。失去右臂的张家城变得不爱说话，他不适应用左手吃饭，五根手指握住勺柄才能舀起来。

五年级时，张家城和来自各个村小的同学到高村镇中学读书。新同学非常好奇，直接问：“你的右手怎么了？”张家城总是沉默。有同学看他背书包吃力，会上前帮他拉一把，他都会马上走开，自己慢慢背上，几乎从不向别人求助。

2018年的暑假，张家城在镇上的一场公益篮球培训中第一次接触篮球。张家城抛出的每个球掉下来几乎都会跑远，他得全场跑来跑去捡球。十几天的训练结束，妈妈给他买了个二三十元的篮球。张家城很开心，晚上都抱着篮球睡觉，放学回家第一件事就是摸篮球。

在之后的一年里，他一直在练运球、投球。球场上运球要能过人成功，控球得稳，运球速度得快。对只用单手运球的张家城，速度得练到其他球员的两倍，才可能达到差不多的效果。

张家城起初练习篮球的时候，球满房间

飞，水桶、垃圾桶烂了好几个。父母有些反对，总念叨“你这样邻居要投诉你的，别把电视冰箱也砸了”。但楼板传来的砰砰声，几乎从未间断过。

缺失的右手臂给他带来了诸多不便，投篮时，翻飞的半截袖子甚至会把球打偏方向。他的左手手指因训练太猛，时常会磨损出血，结成一个个厚茧。这样枯燥的生活，张家城并不觉得辛苦，他只是不停地练呀练！

他上网搜索训练的视频，照着练单手的俯卧撑和平板支撑，手机开着秒表搁在地上，大滴的汗水顺着脸颊滴落在地板上，形成一小摊水渍，橙色的长袖T恤被汗湿成深棕色，粘在身上。在付出无数汗水的过程中，他的技术突飞猛进。

夏日周末的下午，张家城几乎总是到球场最早的一个。在太阳炙烤着的球场上，他把保温杯和毛巾放在一旁，球场开始响起“砰砰砰”声。抱着篮球的同学陆续加入，转球分队时，大家都想跟他一队，他在队伍里打控卫，“家城太强了，他速度快，拦的时候我们不小心都会动作过大摔倒，做队友就不用去拦截他。”

休息时，他也会刷刷手机。他把手机放在窗台立着，拍下自己练球、打球的视频。晚上练完球他会剪辑一下，看到做得不够标准的动作细节，会继续做一遍，再配上一句“篮球不是练一天、两天就可以变强的”“初心不变，努力训练”等文字传到视频平台上。

张家城接触篮球的这两年，身边人感受到，“他改变非常大”。他开始主动举手竞选班长，也当了体育委员。这是他第一次担任班干部。他比以前更自信了。

2020年6月4日，张家城完成了广东省青少年运动员注册工作，云浮市中心体校也邀请他参加系统训练。体育老师刘炳兰有不同的建议，毕竟他才是个13岁的少年，未来的事情没有人说得准，“先把这些东西暂时忘掉，做一个高村中学的普通学生”。

张家城尚未想清楚要怎么选择。但他的生活似乎已经发生了天翻地覆的变化。他见到了自己的偶像易建联，在广东宏远队体验了一把职业篮球运动员的训练，还与宏远新锐徐杰现场“一对一单挑”。他感觉与自己“成为职业篮球运动员”的梦想“更靠近了一点儿”。

但他尚未参加过任何专业比赛。他觉得自己“水平蛮菜的，训练强度也不够，会想到自己要更加地努力才行”。他希望能和自己的另一位偶像NBA球星欧文一样，把控球练得更好，走出云浮，“可以跟更厉害的人打更多的比赛”。

甄语录 找准方向再努力，天底下没有可以胜过努力的天才。

天分很重要，没有也别害怕

□连　岳

有天分，练一练，帕瓦罗蒂；有天分，苦练，王羲之。没有天分的人，练到极致，也不过就是会唱歌而已，成不了世界上最好的男高音。1700多年过去了，比书圣勤奋的人有的是，谁能超过他？

各领域顶尖的选手，包括考上北大的"学霸"，取得的成就是多重因素促成的，天分不可或缺。特别聪明的孩子，是基因的随机选择，可遇不可求。不愿意承认这一点，甚至刻意否认这一点，自己和孩子都将滑入一种典型的冷暴力：定下了一个能力无法达到的目标，穷尽方法，无比勤奋，最后都是失望，人将会不停地否定自己，最后失去自信与自尊。

勤奋，人人做得到，好一点儿的高三学生，哪一个不勤奋？方法也不神秘，教科书上都写着，一遍遍刷题，老师也重复多次。真的，差别就在天分。有天分的孩子，看懂教科书，再难的题也能信手解开，老师都得请教他；没有天分的孩子，熬到下半夜，还是拿最难的那几道题没办法。

多数人是没有天分的，接受这个事实，才能够心理健康，才能够幸福快乐。毕竟，自己和孩子没天分的概率是很高的。就是许多北大学生，最后也会接受这一点，因为他们在更高的平台上见识到了更牛的天才。

NBA（美国职业篮球联赛）著名教练波波维奇，非常重视防守。他的理论基础就是，进攻得分，天分非常重要，努力了也未必行；但防守是脏活累活，只要想做，就做得好，把精力放在做得到的事上，效率更高。

这个策略也很适合人生。没有天分没有关系，把能做的分内事做好，也能胜出，世上绝大多数事，并不需要天分。比如，一个孩子衣着整洁、有礼貌、眼里有活、能够站在他人的角度考虑问题，他就能得到几乎所有老板的喜爱。而这些品性，完全可以靠训练得到，不需要进攻天分，只需要做好这些防守的"脏活累活"就行了。

早年我听过一件事，某人拜访一家日本企业，在等候董事长接见时，一位中年女性动作熟练地泡好茶水递上，但她的神情木讷，仿佛一台机器。后来董事长解释，她是自己一位好友的女儿，有智力障碍，好友亡故时把她托付给自己。他想，与其单纯照顾她，不如就训练她几项简单的技能。于是，他让她反复学习端茶递水。这工作反正需要人做，她最后也能做，是多好的事，天国中的亡友应该很开心。

一个人没有天分，确实有点遗憾，但是早一点儿接受现实，其实更有利于自己，你总能在世上找到适合自己的位置。你是没有天分，但你的智力正常，勤奋且有方法，上不了顶尖的大学，可以上一般的大学；成不了杰出的企业家，但是可以成为出色的员工。

有天分，值得恭喜；没有天分，也不必害怕，总能找到适合自己的位置。

最可惜的事是，有天分，却浪费了，收获懊悔；最痛苦的事是，没有天分，却硬要，收获焦虑。

甄语录 凡是出发，总会到达！

我喜欢出发

□汪国真

凡是到达了的地方，都属于昨天。哪怕那山再青，那水再秀，那风再温柔。太深的流连便成了一种羁绊，绊住的不仅有双脚，还有未来。

怎么能不喜欢出发呢？没见过大山的巍峨，真是遗憾；见了大山的巍峨没见过大海的浩瀚，仍然遗憾；见了大海的浩瀚没见过大漠的广袤，依旧遗憾；见了大漠的广袤没见过森林的神秘，还是遗憾。世界上有不绝的风景，我有不老的心情。

我自然知道，大山有坎坷，大海有浪涛，大漠有风沙，森林有猛兽。即便这样，我依然喜欢。

打破生活的平静便是另一番景致，一种属于年轻的景致。真庆幸，我还没有老。即便真老了又怎么样，不是有句话叫老当益壮吗？

于是，我还想从大山那里学习深刻，我还想从大海那里学习勇敢，我还想从大漠那里学习沉着，我还想从森林那里学习机敏。我想学着品味一种缤纷的人生。

人能走多远？这话不是要问两脚而是要问志向；人能攀多高？这事不是要问双手而是要问意志。于是，我想用青春的热血给自己树起一个高远的目标。不仅是为了争取一种光荣，更是为了追求一种境界。目标实现了，便是光荣；目标实现不了，人生也会因这一路风雨跋涉变得丰富而充实；在我看来，这就是不虚此生。

是的，我喜欢出发，愿你也喜欢。

甄语录 冷知识也能帮助你提升对这个世界的认知。

知识冷，可是我有趣呀

□白简简

在“80后”“90后”的童年书架上，很可能摆着一套“镇架之宝”——四册的《中国少年儿童百科全书》。那厚实的装帧、淳朴的封面配色，是我小时候对“知识”的初步印象。尽管现在看来，这套书的文字并不那么有趣，但我清晰地记得当时字还没认全的我，读得是多么如痴如醉。

我相信，追求知识是人的本能。只是在经历了人生第一次考试之后，小孩子开始思考，哪些知识是“有用”的？这一思考，就是几十年。

把知识分为“有用的”和“没用的”，换一种更形象的说法，就是“冷”和“热”。“热知识”有很多，在职场的评判标准是，可以让人升职加薪走向人生巅峰；在前两年封控期间的标准是，可以让人利用有限的食材开发出无限的食谱……总之，在不同时刻和领域，“热知识”的标准不同。

相比之下，“冷知识”的标准就单一多了，只不过这些知识和你的生活、学习、工作没有任何关系。你知道后往往会有两种反应，一种是“原来是这样啊”，另一种是“竟然是这样”。然后？就没有然后了。

但正因为“没用”，对“冷知识”的求知欲，反而更接近童年时期对知识的纯粹向往。翻完手里的这本《怪奇事物所》，我感受到了知识带来的力量，甚至可能因为太冷还打了个冷战。这都是些什么奇奇怪怪的知识啊！

悲剧（tragedy）的英文原意是山羊之歌；鳄鱼在浅水区是用两只脚走路的；水蜜桃种子是种不出水蜜桃的；人在空虚寂寞的时候真的会觉得冷；在中世纪想解决夫妻吵架，往往会进行决斗，失败者将会被处死；在20世纪以前，世界上没有紫色国旗，因为在人工合成技术出现之前，紫色染料实在太贵了……

然而，有些乍看高冷的知识，转念一想，竟然解决了很多现代人想不通的问题。

比如，跑步机的雏形在19世纪被英国工程师发明出来的时候是一种刑具：犯人得不停地踩脚踏板，带动滚轮转动，制造出动力来抽水或者研磨谷物。看到这里，就不难理解，你家的跑步机为什么会渐渐无人问津，最终沦为挂衣架了。

比如，学校（school）这个词最早源于希腊文（schole），意思是休闲时间。因为在古希腊，只有吃饱了闲的、不用工作的人才能去上学。这个词源，仿佛在从一而终地提醒着我们学习的本质究竟是什么。

我认识一名鱼类学家，他在博士期间主攻“杜父鱼科鱼类”。他并不在海边长大，之所以对鱼类抱有如此浓厚的兴趣，是因为爱吃。他深谙“菜市场博物学”，比如带鱼在水中是立着的，鲅鱼水饺中的鲅鱼的学名是“蓝点马鲛”，北方饭桌上的沙丁鱼往往不是真正的沙丁鱼，而是科鱼类……他的人生理想是发现一个杜父鱼的新品种，并用自己的名字来命名，也不知道现在实现了没有。

当然，像他这样能把冷知识作为安身立命的专业的人毕竟只是少数。我看过一档脱口秀节目，一个“90后”大男孩在台上说：“夜深人静看新闻，美国国家航空航天局发现了一颗新的行星，人类首次拍到黑洞照片，宇宙那么大，银河系算啥？银河系那么大，地球算啥？地球都已经存在45亿年了，我这辈子算啥……这时候一看手机，两点钟了！睡觉睡觉，明天还要上班呢！”

这可能就是我们这些平凡的大多数，在“月亮与六便士”之间的摇摆。

《怪奇事物所》的最后，分享了这样一则冷知识：从对陨石、彗星及星云的观察中，科学家发现，组成生命所需要的各种有机分子，其实就遍布在宇宙各个角落。换言之，我们所有人都是宇宙的星尘。

所以，每当迷失在夜的黑暗里，千万不要忘记，我们的内心潜藏着一个离散的宇宙，人的内心也可能是宇宙的终极奥秘所在。

甄语录 读书让你有可能活在一个更大的世界里。

读书只是给你一个机会

□押沙龙

读书到底有什么用呢？

作为一个热爱读书的人，我有点儿遗憾地说，读书恐怕没有什么神奇的魔力。

读书无非是一种交流。书籍就像一个个漂流瓶，作者把他的感受、经验、思考放到这个瓶子里，然后你把它打捞起来，满足你旺盛的好奇心、贪婪的求知欲，驱散你特有的孤独感。它们也许能让你在现实中做决定时更聪明一些，也许不能。

读书能否让你变得更聪明，往往取决于你其他的一些特质。我见过很多聪明的读书人，也见过不少愚蠢、偏执的读书人，还见过不少如果少读点儿书也许会更好的人。

读书只是给你一个机会，让你有可能活在一个更大的世界里。

甄语录 做学问就要扎扎实实地下功夫，投机取巧是绝不可能有所成就的。

盘扣的学问

□明前茶

跟蒋老师学做旗袍，学了7个月，从秋到春，老师从没教过如何量体裁衣，只教了如何做各式各样的盘扣。

已经是春天了，徒弟灵慧每天来蒋老师家上班，都见她戴着老花镜，在安安静静地手缝旗袍。宅院中精心布置了小小的景观——太湖石、芭蕉树、绿萼梅，柳丝正在露出饱满的鹅黄色绿芽，一只戴胜鸟在柳丝间跳来跳去，抒发着对好天气的欢喜。

对灵慧这种急性子来说，学个盘扣都学了那么久，啥时候才能把做旗袍的108道工序学齐呢？她心中焦躁，针脚没有缝齐，导致做盘扣的布条缝好后并非圆滚滚的一样宽。

蒋老师见了，温和劝诫说："这样缝出来的盘扣表面都不平整，旗袍的静气就被破坏了呢。"

蒋老师示范了最简单的一字直盘扣的盘法，再把缝好的直盘扣丢到小瓷碟上去，让徒弟听音辨声。这下，连灵慧也听出来了——老师做的盘扣两头的盘结是支棱起来的，立体、密实，缠结得很紧，丢在碟子上像玉石一样发出当当之声，清音不绝，而自己做的盘扣丢上去声音发闷。

蒋老师说："盘扣若是做得没力气，旗袍的精神就泄掉了。如今，想穿改良旗袍的客人越来越多，旗袍就像苏州评弹里忽然夹杂了美声或通俗唱法，它还能留下几许的古典韵味？也许那股静坐生辉之美，全靠斜襟上的盘扣了。做盘条的针脚看不见，可在只有一厘米的地方照样缝上12针，才能让盘条规规矩矩立得起来；编结盘条的手劲儿也看不见，可也只有不惜力气，每一下都抽牢，盘扣的立体感才完美，丢在碟子上才能叮当作响。"

蒋老师的笔记本上记着几十种盘扣的手工盘结法。祥云扣、琵琶扣、芙蓉扣、梅花扣、蝴蝶扣、蜻蜓扣、如意扣……其中复杂的金鱼花扣，蒋老师尝试了数十次，才结造得端庄又甜美，安谧又灵动。蒋老师说："有一年去花市买过年的花，见到香槟色中间杂着浅粉色的金鱼花，爱慕不已。不仅买回来插瓶，脑袋里还一直在琢磨如何把金鱼花做成盘扣，再缝缀小粒珍珠，就像花朵上的露水一样。"蒋老师自嘲说，从年三十到年初二，自己心不在焉，煎黑了藕夹，又炸焦了排骨。蒋老师的先生一看，赶紧将厨房里锋利的家什统统收了起来。他知道，做旗袍的人若是伤了手，可是大忌。那个春节，蒋老师的先生当了五天大厨，直到她将金鱼花扣的盘结方式想出来。

蒋老师鼓励灵慧去读一读王维的诗，网上有王维的诗谱曲清唱，也可以去听一听。蒋老师说，有一天，她突然悟到做盘扣，与王维五言诗中的意境，有异曲同工之妙，尤其是那一粒穿过布纽襻的小小圆结，既是“空山不见人，但闻人语响”的“响”字，又是“山路元无雨，空翠湿人衣”的“湿”字，还是“草枯鹰眼疾，雪尽马蹄轻”的“轻”字，它是立体的、扎实的、纯粹的，又是虚静的、内敛的。它仿佛时空上一个结点，撇清了所有的私心杂念，映照着自己读过的书、行过的路、阅过的人。

那天，灵慧徒手做成了一个金鱼花结的盘扣，同样丢在瓷碟上当当响，与此同时，她终于读懂了盘扣在旗袍上留下的无声叮嘱，读懂了那么多留学生远去他乡时，为何都要带上一身旗袍。

甄语录 世界上最难走的路就是捷径，不要在该努力时却企图一鸣惊人。

学习没有捷径

□［英］卡洛琳·李

有一个小伙子总感觉到自己学习很不得法，而且汲取的知识非常少，他就想找到一条捷径，以便让自己很快地领略到知识的奥妙。于是，他就到一座深山老林里去拜访一位智者。

小伙子很虔诚地向智者问道：“大师，请问我要怎样做，才能够很轻易地就学会您所有的智慧呢？”智者听到小伙子问了一个这样的问题，笑了笑之后，反问他说：“那么，你认为应该怎么做，才能够学会我所有的智慧呢？”

小伙子想了想，立刻说：“我认为，最好大师能够一次教会我所有智慧的关键，让我能够完全了解大师您所了解的事情！”

智者又笑了笑，但是他并没有向小伙子说什么，他只是静静地从桌子上拿起了一个苹果，然后放到嘴边，大大地咬了一口。

智者望着小伙子，口中不断咀嚼着苹果，仍然是一言不发。

过了很长一段时间，智者才慢慢地又张开嘴把口中已经嚼烂的苹果，吐在了他的手掌当中。

这时，智者伸出手，把自己已经嚼烂的苹果拿到小伙子的面前，然后对着他说：“来，把这些吃下去！”

小伙子相当惊讶，他不知所措地说：“大师，这……这怎么能吃呢？”

智者乐呵呵地笑了笑，说：“我咀嚼过的苹果，你当然不愿意吃；然而，你为什么又想要轻而易举地就汲取我智慧的精华呢？你难道真的不懂得所有的学习都必须经过你亲自去咀嚼吗？”

甄语录 比别人更努力的天才，才能一直是天才！

99分的答辩论文

□郝金红

1929年，犹太籍工程师维特根斯坦进入剑桥大学学习哲学。在这里学习不到半年，维特根斯坦发现，用不着读完书，只要交一篇论文就可以获得哲学博士学位。于是，维特根斯坦将以前写的哲学论文《逻辑哲学论》交了上去。

论文答辩的主考官是哲学界的大腕罗素。这天，罗素走进了考试的房间。答辩过程中，罗素对维特根斯坦的一个观点产生了疑问。维特根斯坦对这个问题做了将近五分钟的解释。说完，维特根斯坦走到罗素面前，拍了拍他的肩膀："别介意，我知道你永远都搞不懂我在讲什么。"

房间的气氛顿时紧张起来。要知道，以罗素的名气，还没有哪位考生敢如此张狂地拍他的肩膀并说出蔑视的话语。其他几位考官都以为罗素会拍案而起。但是，注视着维特根斯坦那双不屑的眼睛，罗素缓缓站了起来，脸上竟然还挂着一丝微笑："也许我现在不懂，但以后我会弄懂的。"

论文答辩结束后，主考官罗素在维特根斯坦的论文成绩一栏写上了"99分"，然后交给了剑桥大学哲学院。当这份成绩单转回到维特根斯坦的手里时，他简直不敢相信自己的眼睛。虽然性格狂傲，但维特根斯坦对自己当天的举动还是有些懊悔，得罪了罗素，就意味着自己的努力会白费。没想到罗素不计前嫌，给了自己99分。同时，维特根斯坦不明白为什么不是100分？那减去的1分是什么呢？

带着疑问，维特根斯坦拜访了罗素。罗素说："你的确是一个哲学天才。但是，光有天赋是不够的，还必须平心静气，低调谦逊。那减去的1分，是你今后努力的方向。"罗素的警醒，让维特根斯坦汗颜，与伟大的哲学家相比，自己的确还是缺少那1分。

此后，维特根斯坦谨记罗素的提醒，以低调谦逊的态度刻苦钻研哲学理论，朝着伟大的目标进行"最后1分"的努力，终成一代哲学大师。

甄语录 彼此信任是成功合作的基础。

学会信任马儿

□乔梓曦

今天，是我第一次学习马术障碍的日子，此时此刻，心里的感触只有两个字——忐忑。

我学习马术有些时间了。从开始的只能依靠教练帮助才能在马上坐稳，到现在跨上“琦风”，潇洒策马扬鞭追风去，大略算一算，也有两度寒暑了。但跨越障碍，还是赶鸭子上架，头一回。

“琦风”是我的好搭档，8岁的青色半温血马，长相俊美，训练有素。教练告诉我，“琦风”能够熟练地跨越各种障碍，我完全不用担心。“信任它，不要干扰到它的跑动和跳跃，就行了。”教练信誓旦旦。“琦风”在一旁，脖子高高扬起，充满信心，但我在骑上它之前，充满怀疑。

准备开始了，我双腿用力夹紧马腹，驱策它跑起来。绕过弯道，看到两根用横木做的十字交叉的障碍栏。“琦风”跑得很快，我耳边是“呼呼”的风声。教练在一旁大声地提醒我：“收紧缰绳，看方向！”

离障碍越来越近了，“琦风”一路飞奔，没有一点儿迟疑。我能感觉到它弓起马背，准备跃起。可就在一刹那，我害怕了。

我一把拉住缰绳，“琦风”收到命令，收了蹄子，急停在障碍栏前。它之前跑得太快了。惯性之下，我再也没法稳住身形，从马背滚落到地上。

在教练的责备声中，我偷偷地看了一眼一旁的“琦风”。只见它悻悻地低着头，大眼睛里都是委屈。我仿佛是被孙悟空保护的唐三藏，“琦风”就是悟空。悟空一身本领，翻江倒海，降龙伏虎。唐僧明明什么也不用干，就能顺利走完取经路。可唐僧偏偏不相信他，结果一会儿着了白骨精的道儿，一会儿又入了蜘蛛精的套儿。“琦风”今天肯定很“埋怨”我！

晚上回家，躺在床上，我反复回想着今天的事情。取经路要一步一步走，跨障碍也要一点一点学，学会控制自己，学会信任马儿。等下次去马场，我要给“琦风”带点它最爱的胡萝卜，再给它洗洗澡，梳梳毛。我俩一起，战胜障碍只是时间问题。

甄语录 一个人如果没有对手的激励，那他就会甘于平庸，养成惰性，最终导致庸碌无为，一事无成。

鲇鱼和弼马瘟

□赵元波

有一种很名贵的沙丁鱼，味道极其鲜美，但又非常娇贵，不适应离开大海后的环境，当渔民们把刚捕捞上来的沙丁鱼放入鱼槽运回码头后，用不了多久沙丁鱼就会死去，而死掉的沙丁鱼味道不好，销量也差，倘若抵港时沙丁鱼还存活着，鱼的卖价就要比死鱼高出若干倍。渔民们想了无数的办法，想让沙丁鱼活着上岸，但都失败了。

只有一艘渔船总能带着活沙丁鱼回到码头。这艘船的秘密何在呢?

该船长严守成功秘密，直到他死后，人们打开他的鱼槽，才发现里面只不过是多了一条鲇鱼。原来鲇鱼是食肉鱼，装入鱼槽后，就会四处游动，不断地追逐寻找小的沙丁鱼吃，大量沙丁鱼发现多了一个“异己分子”，为了躲避天敌的吞食，就会自然地加速游动，从而保持旺盛的生命力，如此一来，一条条沙丁鱼就活蹦乱跳地回到码头卖了一个好价钱。

这就是所谓的“鲇鱼效应”。

在两千多年前，我国古代一些养马人就深得此中奥秘。他们在马厩中养猴，以躲避马的瘟疫。原理是什么呢?据有关专家分析，因为猴子天性好动，这样可以使一些神经质的马得到一定的训练，使马从易惊易怒的状态中解脱出来，对突然出现的人或物以及声响等不再惊恐失措。马是可以站着消化和睡觉的，只有在疲惫和体力不支或生病时才会卧倒休息。在马厩中养上一只猴子，就使马经常保持站立而不卧倒，这样可以提高马对血吸虫病的抵抗能力，不会染上瘟疫。

在马厩中养猴，以“辟恶，消百病”，养在马厩中的猴子就是“弼马瘟”，这只养在马厩中的猴子所起的作用就相当于鱼槽里的鲇鱼。

大自然中，正因为有了冬季的“风刀霜剑严相逼”，才可能有春天的姹紫嫣红；一潭死水里只要投进一颗小小的石头，就能激起美丽的浪花；一种动物如果没有外界的刺激，就会变得死气沉沉。同样，一个人如果没有对手的激励，那他就会甘于平庸，养成惰性，最终导致庸碌无为，一事无成。古人所谓的“生于忧患，死于安乐”，说的就是这个道理。既然如此，就在我们的生活里加入一条“鲇鱼”，一只“弼马瘟”，让我们时时保持警醒，生活充满活力，从而收获甜美的果实。

甄语录 学习历史对现在的意义——培养你看待事物的眼界。

历史课的开场白

□李晓彤

这个学期的历史课开课之前，老师从班里选了一半学生，每天课间的时候，去他办公室看一样东西。

星期四这天，历史课上，老师走进教室的时候，手里捧着一个大玻璃碗。

他先把原先选出的一半学生叫上讲台，那群学生对着玻璃碗里的东西发出一阵惊呼，赞叹、惊诧之情溢于言表。

台下的另一半学生按捺不住，等他们走上来看过之后，却莫名其妙地互相交换着疑惑的眼神：玻璃碗的清水里泡着一棵很不起眼、挺难看的蕨类植物，比铅笔略长些。一把破草，值得这么大惊小怪吗？

等大家安静下来，老师说：“植物学界有这么一个故事。一位植物学者采集了一棵蕨类植物，制成标本，放进了实验室。11年后，有一天，他不小心把一杯水打翻了，水浸透了标本。过了一段时间，他惊奇地发现，标本干枯的叶子居然泛出了绿色。这种植物叫卷柏。”

老师接着说：“这个星期，我选了一半学生，每天去我的办公室观察，从把干枯的卷柏放进清水里开始，他们观察到每一天发生的细微变化，一蓬枯萎、死掉的草，慢慢出现若有若无模糊的绿色，然后叶子一点点展开，直到今天，他们看到了完全舒展的一株绿色蕨类植物。

“当然，有同学一定会问，又不是生物课，讲这些干吗？”

老师说：“之前看过标本复生过程的那些同学和只看到标本现在状态的同学，对同一种现象表现出了截然不同的态度。了解这株植物来历的同学表现出了赞美和感叹，尽管它很不起眼。而只看到这株植物目前状态的同学，则表现出淡漠和不解。为什么面对同一种现象，你们的态度会有如此巨大的差异呢？”

教室里一片寂静。

老师郑重地提高了声音：“因为前面的同学看见了卷柏复生的历史，所以能从一把枯草里看到惊天动地的美。了解了一个事物的发展脉络，你就懂得了敬畏，就会客观冷静地看待它，而不是只要看见现象不够完美，就去一味苛责。这就是学习历史对现在的意义——培养你看待事物的眼界。”

老师最后说：“很多人说学历史没有用，看看你们对待这株卷柏的态度，就知道学历史对价值判断真的有用！”

甄语录 你只要认定一件事，然后付出百分百的努力，就一定会收获成果，上天从来不会辜负任何一个努力的人！

拉坯师傅老冯

□明前茶

景德镇的拉坯师傅老冯，一年前刚PK过来自日本的陶艺大师。因为双方都是拉坯技术的国宝级传人，这场交流便带着浓郁的打擂台的气氛。

日本陶艺大师在致辞时，谦逊中带着一丝隐而不露的傲慢。他声称，远在唐宋时期，日本是跟从中国师傅学习过陶艺，而明清以后，徒弟的匠艺如此杰出，师傅是否及得上，可就很难说了。中方领队神色紧张地瞅瞅老冯，见老冯的瞳仁并没有因为忐忑不安倏然缩小，反而愈见其大而幽深，立刻放下一半心。

说时迟那时快，双方都换上了拉坯工作服。十分钟不到，冯师傅已经拉出了宋元明清四个时期的素坯。仿佛太极高手一样，他始终全神贯注，最终成型时，花瓶在他手中小心地一托而起，离开转盘，那器皿上流淌的线条，兀自随着惯性缓缓游动，仿佛活的生命一样。又过了几秒钟，器型上所有的线条与韵味才有了收梢，渐次安定下来，犹如弓弦离开了提琴，弹拨的手离开了琵琶，余音袅袅。

拉完了坯，冯师傅全身上下没有一个泥点子，呼吸比打擂拉坯之前还要匀和。日本师傅见了深深鞠躬，自叹弗如。

成功不是一蹴而就的。老冯8岁那年，一面上学，一面跟着景德镇技艺最好的拉坯师傅学艺。师傅交给他的第一项任务，就是让徒弟脱去鞋袜，洗三遍脚，来把拉坯所需要的“不（dǔn）子”踩练到细腻纯熟为止。

“不子”踩了两年，师傅才开始教拉坯。师傅看了他的拉坯，这样评价他：“孩子，你脾气太刚，就算你有意识地去压抑急躁的性子，手上的动作也会使冲了。就算做出的器型有硬朗的棱线，你的手型也要柔和，连你的呼吸也要放柔。”

师傅的建议是练太极。先在平地上练，练熟了，再在梅花桩上练。景德镇的拉坯师傅都是含蓄又骄傲的工匠，谁的徒弟带得出色，也从不夸徒弟拉坯技术好，只会夸徒弟手形长得好，茶沏得好。小冯17岁之前从没被师傅这样夸赞过，他隐隐有些沮丧。

然而，师傅依旧在耐心等待。就连厂里派技术精湛的师傅去故宫，替那些国宝复制展览品，师傅也力排众议带上他。昔日的小冯终于有机会贴近了去看那些国宝的胎骨究竟是什么样子的。在故宫的那些天，他没留心杏果落地，没留心树叶因秋霜而变色，没留心熙攘的游人与孤傲行走的猫，他只看到各个朝代的陶瓷的胎骨，沉厚敦实的、细挑空灵的、翩然绽放的、矜持收腰的……无数的旋转线条在他脑中盘旋流动，松的和紧的，收拢的与散开的，轻灵飘逸的与端庄持重的，这些线条，以及相应的手势，盘旋在他的脑中，吃饭时有，洗脸时有，行走时有，做梦时有。

有人担心地去问小冯的师傅："你徒弟这是魔怔了？"

师傅做了一个"噤声"的手势，淡淡地说："不魔怔，没法开悟啊。"

忽有一日，小冯可以娴熟又笃定地拉坯了。他几乎是一夜之间成长起来的，连从没上过手的器型也做得形神兼备，一通百通。一上手工拉坯的转盘，器型的丝滑光泽与旋律已经在他心头流淌起来。他知道哪里是百转千回的低音区，哪里是高亢明亮的高音区。他成了一个人的乐队，心中的旋律喷薄而出，一气呵成。

一个拉坯师傅的充盈自信，就这样练成了。

甄语录 为了追求完美而竭尽全力的人，才是真正值得尊敬的人。

完美无缺的作品

□天　涯

美国小说家菲茨杰拉德在写作上表现出让人难以置信的认真。这种认真到了什么地步呢？除了写作开端时的苦思冥想，甚至在作品已经发表或者出版后，菲茨杰拉德还会对其进行持续的修改、校订。《了不起的盖茨比》出版后获得业界的极高评价，但是，菲茨杰拉德自己手里的那本《了不起的盖茨比》上，他添加的修改和注释，从开篇一直延续到结尾，密密麻麻，少有间断。

其实，世界上根本不存在完美无缺的作品，值得我们尊敬的是那些为追求完美而竭尽全力的人。

甄语录 成功没有捷径，你只需比别人付出多一点儿，努力多一点儿。

晋这个笨小孩

□吕丽峰

昨日的校友座谈会上，受邀的晋，一再强调自己是个普通的学生，甚至比一般人要笨一点儿，他只是比别人付出多一点儿的努力，才有今天的成绩。看着台上侃侃而谈的晋，我想起了关于他的许多美好故事……

认识晋缘于一个令人惊讶的开始：大一的第一个学期结束，晋因为工程制图不及格而哭得一塌糊涂。在人来人往的学生工作办公室，他低着头，声音哽咽，眼泪簌簌地落着。看着晋的样子，我觉得可气又可笑，我还从未见过一个男生因为考试成绩不及格而如此伤心。

我联系晋的母亲了解情况，晋的妈妈笑呵呵地说："这孩子从小就很认真，他已经和我说过了，您不用太担心，他会努力的！"但我仍担心这样的孩子经不起挫折的打击。

晋因不及格而在办公室哭泣的消息不胫而走，同学们称他为"泪哥"。一个同学悄悄告诉我，晋就是有点笨，他每天小心谨慎地画图，反反复复地做题，努力地找别人请教，可效果还是不好。同学们都很奇怪这样的学生怎么会喜欢车辆工程这么难学的学科。

该怎样帮助这个笨笨的"泪哥"呢？一个周六的下午，我邀请晋和我一起到校园里散步。

晋匆匆从教学楼里跑出来，一脸的憨厚可爱："吕老师，您今天怎么来了？有什么事情吗？"

"教室里学生多吗？"我问。

"好多人都回家了。"晋说。

是啊！周六日还在学校一如既往、勤勤恳恳学习的学生真不多。我装作随意的样子，问晋为什么学习如此投入。晋说他就是对车辆专业感兴趣。聊起大学的规划，晋说想继续深造，争取考研。

考研？如果考研失败，他怎能经受起那般打击？我心里沉甸甸的。

晋说自己喜欢仰望一个个美好的目标，他高中时学习成绩一般，能考到北京来绝对是个意外。所以，他还想继续追求自己的目标，无论多么艰难。

这是好事啊！所有努力都值得尊重。我和晋相约，毕业时，再次跟我分享他的“意外”。

那个亲昵的称号一直伴着晋，晋也笑着说习惯了。他还是那个憨憨的大男孩，做什么事情都是认认真真的样子……每天，晋拎着个大书包，穿梭于自习室，以至于教室里打扫卫生的阿姨也认识了这个每天学习到很晚的学生。

大二的第二个学期，晋突然加入了一个车队，是研究车型设计的那种，有良好兴趣爱好的学生是值得肯定的，但有些人对爱好的痴迷程度真的会让人担忧！晋所在的车队队长，一位大四的学长，竟然因为晋而专门找到我，“吕老师，您了解晋吗？”“了解啊，怎么了？”

“他对车队工作的负责简直到了可怕的程度！”队长打着手势，有点语无伦次，“老师，我不知道怎么形容他。每次讨论，他都是毕恭毕敬的样子，密密麻麻记录了一本笔记，经常一个人在实验室熬到凌晨。我真怕比赛失败了，他会受不了打击。您劝劝他吧。”

当我找到晋了解情况时，他嘿嘿地笑了：“老师，您不用担心，我很好。我理解力比别人差点儿，因此只有多花点时间。”我放心了，这只是一个所谓的“笨”学生的“笨”做法而已，就让他以自己的方式继续追逐梦想吧！

转眼又到期末考试，几位老师不约而同地讨论着某年级有个总是最后交试卷的同学，无论哪一科，交卷后都会围着老师不停地提问。听着同事们绘声绘色的描述，我越来越清晰地感觉到那个学生就是晋！

晋是在考试结束后找我谈话的，一副难为情的模样：“每次考试我都是最后一个交试卷。吕老师，这样是不是不好啊？”

“你每次能做完题吗？”我担忧地问。

“总是很凑合才做完啊！我一直在想、在写，但每次都很慢。不知道大家怎么都交那么快！”

“没事，你做你的，我相信你！”我坚定地告诉晋。

大学四年，晋的成绩一直徘徊在中等偏上，但是他英语四级一次通过，意外地考取了名牌大学的研究生。现在他凭借自己的努力进入一家非常不错的企业，还成了部门的精英！

座谈会上，晋的分享像涓涓细流，平静地震撼着倾听的学生。晋说：“成功没有捷径，我只是比别人付出多一点儿，努力多一点儿而已。”晋的笑容还是那样纯真。

甄语录 所有你吃过的苦，都是另一种形式的财富。

熬出来的刘玄德，忍出来的司马懿

□洞见ciyu

年少时读三国，对众英雄心生向往。文想成为多智近妖的诸葛亮，武想学一身是胆的赵子龙。可到了一定年纪，发现这些都不是人生。

真正的人生是如刘备苦挨数十载，得以出头，是如司马懿藏锋一生，择机而动。

那是在熬和忍的交替里，开出灿烂的生命之花。

1.刘备：熬得住，终有回甘

评书名家单田芳讲遍古今传奇，说尽英雄豪杰，最后把人生浓缩为简单的一个字——熬。

纵观刘备的一生，也是一个苦熬的过程。

他从23岁时，扔下织席贩履的生计去打天下，到47岁时，用一把火烧出了三足鼎立。这摸爬滚打的20多年，每次刚冒一个尖，命运的重锤就给予一击。

中平元年（184年），刘备在黄巾起义中平叛有功，被封为安喜县县尉。可朝廷突然下令，要对因军功成为官吏的人进行筛选，督邮想借机赶走刘备，刘备一怒之下就将他捆绑起来鞭打泄愤，然后弃官逃亡。辛苦挣得的一官半职就这样没了，刘备虽恨时运不济，但也无可奈何。

后来，刘备因为受徐州牧陶谦器重，成为徐州之主，拉起了自己的一队人马。可惜心慈手软，收留了走投无路的吕布，引狼入室。吕布趁刘备出兵迎战袁术，偷袭占领了徐州，还俘虏了他的家眷。苦心经营的势力付诸东流，刘备如丧家之犬东逃西窜。

建安六年（201年），刘备因被曹操追击，前往荆州投靠刘表，被安排驻守新野。因为荆州豪杰归附刘备，引起刘表猜忌，对他多有提防。

刘备这一待就是7年。半生戎马奔波，老之将至却功业未建，他发出了“髀里肉生”的感叹。理想破碎于现实，豪情熄灭于挫败。刘备像极了我们，年少时横刀立马，胸有丘壑，然而人到中年仍碌碌无为，空有一身疲惫。

但就如他自我勉励：“屈身守分，以待天时，天不可与命争也。”虽身处低谷，刘备仍关注大势，收拢人才，静等翻身之机。

他先是联合孙权，大败曹操于赤壁，后又在汉中之战中大获全胜，进位汉中王。

公元221年，刘备称帝，终于坐上了羽葆盖车。

2.司马懿：忍得住，必有抬头日

建安六年，曹操听闻司马懿有非凡之才，派使者前去征辟。司马懿只想静观其变，便谎称自己患有风痹症。曹操起了疑心，让人夜间潜入司马懿家刺探消息。谁知司马懿躺在床上，任密探拿银针在腿脚上乱扎，依然面不改色，一动不动。

“忍”为立业之道，司马懿一生都在践行。

后来司马懿辅助曹丕。有一天，曹操梦见有三匹马，在同一个槽里吃食。司马懿父子正好就是三马，而“槽”谐音“曹”，“三马同槽”不正意味着司马氏将取代曹氏吗?

这是一个不祥之兆，曹操便把曹丕叫来，对他说司马懿不是甘做人臣之人，将来必会干预我们的朝政家事。

被如此猜忌提防，司马懿更加低调，谨慎行事。

不管是给曹操进言，还是给曹丕献策，他尽心尽力做好臣子的本分，甚至连喂马这种小事都躬身力行。司马懿因此重获赏识，一步步从文学掾被擢升为太子中庶子。

逞一时之能，不过是匹夫之勇。能成大事者，必有小忍，他们如静水流深的大海，看似波澜不起，却积蓄着巨大的力量。

公元239年，魏明帝驾崩，司马懿与曹爽共同辅佐8岁的幼主曹芳。曹爽视司马懿为死敌，利用尚书台首辅之便，大肆提拔亲信，想方设法削弱司马懿手中的权力。

历仕四朝的司马懿深知一味地针尖对麦芒，只会让自己置于危险境地。他以夫人病逝，哀痛过度引发旧疾为由，递交了辞呈。

但明修栈道，暗度陈仓。司马懿假装病重退休，暗地里却重金收养三千死士，寻求反击的机会。曹爽听说司马懿已病入膏肓，时日不多，以为心头之患不再，就簇拥着小皇帝去高平陵祭祀先帝。谁料，司马懿立即戎装在身，发动“高平陵政变”，把曹魏政权尽收囊中。

司马懿忍人之所不能忍，方能为人所不能为。

3.与生活斡旋

无论是刘备，还是司马懿，纵观他们的一生，没有得命运偏爱。他们只是憋着一股劲儿，与生活斡旋、死磕，被命运一巴掌抡倒在地，要么咬牙站起来，要么伺机而动。

每个人的生命中，都有一段痛苦的时期，若熬得住，终有回甘时！

甄语录 人是否可靠，窥其坐姿就能大概知晓。

坐姿里有灵魂的样子

□刘世芬

有一次，作家周晓枫到河北作协讲课。开讲前，主持人先做介绍，周晓枫坐在台下第一排座椅上，我就坐在她身后。此时的我，作为听众，懒洋洋地靠在椅背上，极为放松。可我前面的周晓枫没将身体向后倚靠，她自始至终将身体离开椅背两个拳头的距离，正襟危坐。从后面看，她的双臂应该是整齐地叠放于胸前，绝对是那种芭蕾舞演员的身姿，朴素安然，如雕像般一动不动。

这种坐姿，显现的是一种自律。这种自律唤醒了我记忆深处的一个“孩子”。

那个“孩子”，当时是西安某大型集团总裁助理，27岁，清瘦，文弱，苍白，眼神悠悠淡淡，声音细细弱弱，神情羞羞涩涩，一招一式，生怕惊动了什么。扎在叔叔阿姨辈的人堆里，特别是在那群德高望重的行业老前辈面前，“乳臭未干”这个词像是为他定制。

在周一例会上，我所带的实习团队一律坐到后排，观摩并等待集团为我们举行的欢迎仪式。那“孩子”与那群久经沙场的老前辈围坐在一起，研讨上周工作，总结一周得失，言谈举止间，仍是静悄悄的青涩模样。

如果不是仪式后他坐到后排时那个腰板笔直的姿势，我最多只能记住一个安静谦恭的背影。例会结束，欢迎会开始，集团领导与先前坐于后排的实习团队易位。我们的实习团队围坐到会议桌前，那“孩子”与集团领导则退居会议桌后面——只留三两个中层领导致欢迎词。

前一分钟，他们还在汇报上周各自分管的工作，谁都明白，这一次的例会大有不同，因为后面坐着我们这些外人。他们虽非首次“登台”，可是有“观众”在场，毕竟有别于平时的“例行公事”，每人都极为“重视”，一板一眼，一本正经，生怕在外人面前出错。此刻毕竟坐到了后面，可以稍稍放松，只需用耳朵听前方的欢迎词和答谢词，允许紧绷的状态分神懈怠，比如让身体倚在靠背上，或者低头看看手机放松一下……总之，不必再正襟危坐。

然而，我还是从会议桌对面第二排一眼看到了他：就在一片静悄悄的松懈中，那“孩子”依然像士兵一样身姿挺直。能够让我牢记并心有所感，是因为这个姿势的唯一和抢眼。

起初，我还以为他有过军旅经历，他的坐姿真的很“军人”。曾见过部队官兵持帽端坐，那神情令人不由自主地心生庄严与敬畏。此刻的他，双腿笔直并拢，笔记本平摊其上，目光平视，腰板和脊柱就那么直直地挺立，自始至终，纹丝不动。

这个坐姿，将我狠狠地“蜇”了一下。

在我心中，如此一坐，“泄露”了自励与自持、功力与涵养，为一个初涉职场的男孩提供了一套绅士密码。这个姿势所涉极多：砥砺、坚韧、卧薪尝胆，还有那些表象之下不为人知的心灵熬炼，以及那些看得见和看不见的成长。

这样的坐姿，看起来似乎缺少那么一点儿倜傥、洒脱，十足的青涩、懵懂。可是谁又敢说，自己的成长从未历经过青涩？只有青涩才不为世俗所囿滞，才能秉持梦想的鲜纯与果敢。他正以这个姿势迎向未来，挺拔的身姿中蕴含着令人心动的蓄势待发。

十年后，我遇到几位西安作家，向他们打听那“孩子”。那大型集团在全国已如雷贯耳，而那“孩子”已成功甩掉“助理”二字，升任总经理。

不知他现在是否显得成熟了，但是，有一点我可以肯定：他的坐姿肯定一如既往。

是的，他和周晓枫的坐姿透露出的是自律。这残忍的自律！我有时会想：有这个必要吗？但同时我又明白，自律让他们保持一种“时刻准备”的姿势。自律以一种水滴石穿的韧性，成就其人生的辉煌。

这样的坐姿，给人的感受正与身陷绵软沙发时那种昏昏沉沉的感觉相反。那样正襟危坐的人，其心灵是清澈灵透的，其灵魂是可以飞翔的。

甄语录 沉默并不代表无所作为，也许正在黑暗中积蓄力量，等待爆发！

沉默会使自己变得更强大

□慕颜歌

春秋时期，楚庄王继位三年，没有颁布一条法令。左司马问他：“一只大鸟落在山丘上，三年来不飞不叫，为什么？”楚庄王答道：“三年不展翅，是要使翅膀长大；三年不鸣叫，是要观察与准备。虽不飞，飞必冲天；虽不鸣，鸣必惊人！”果然，半年后，楚庄王废除了十项政令，发布了九项政令，处死了五个奸臣，提拔了六个隐士。于是国家昌盛，天下归服。楚庄王不做没有把握的事，不过早暴露自己的意图，所以能成就大业。

苏轼说：“博观而约取，厚积而薄发。”没有一段或长或短的沉寂期，没有在沉寂中的反思与积淀，哪有成功者的喜悦，哪有胜利者的欢呼？人们往往只看到人前侃侃而谈的博学者，却忽视了他寒窗苦读的沉默和艰辛。

甄语录 你得过且过的每一天，都是人生最大的浪费。

有多少人败给了“慢马定律”

□洞见Autumn

有个建筑行业的朋友，大晚上过来跟我倒苦水。说白天跟同事闲聊，发现部门新来的应届生，居然比自己的待遇还高。想想自己在公司待了快七年，画图、提资、跑工地，该干的活一样不少。

“太憋屈了，你说我待了这么久，没有功劳也有苦劳吧。这破工作，真是干着一点儿意思都没有。”

看他一副义愤填膺的样子，我忍不住提议：“既然这么委屈，干脆换家公司看看？”他马上不说话了。

可能很多人都知道，建筑这行出差越多，发展机会越大。

但是朋友一直没什么事业心，公司每次安排出差他都觉得太苦，不是说家里有事，就是借口身体不舒服逃掉出差。每天除了坐在电脑前机械地画图，分外的活一点儿不干，到点就下班回家。说是干了七年，其实能力一直没有提高，劲头明显不如年轻人足。

混着混着，一不留神就成了职场里性价比最低的存在。

网上看过一段很扎心的话：“在这个时代，人工智能像人不可怕，可怕的是人越活越像人工智能。”

你有没有发现，我们身边有很多像我刚提到的朋友这样的人：每天看起来兢兢业业，从不迟到早退，但升职加薪永远轮不到他。眼瞅着新来的年轻人都跑到了自己的前头，这才感觉到危机。一边抱着过去的“苦劳簿”诉苦，一边盘算着换出路。

然而，空有一身的工龄，却没有跳槽的本钱。只能日复一日地跳进“埋怨—继续混日子—再埋怨”的死循环。

之前有统计，人这辈子除了睡觉，大部分的时间都要花在上班上。很多人只想着熬过上班的8小时，却没想过如何让它更值钱。

就像职场大咖何加盐讲的：“当你在工作中混日子，其实就是在浪费自己的时间。因为你都认为自己的时间不值钱，你的工资怎么可能高得了呢？”

想摆脱现状却懒得提升自己，瞧不上手头的工作又做不到无可取代。看起来拥有10年的经验，却不过是相同的日子重复了10年。你得过且过的每一天，都是人生最大的浪费。

还记得心理学上的那个“慢马定律”

吗？偷懒的马上一秒还在看不起卖力的另一匹马，为自己的小聪明沾沾自喜，下一秒就被主人送进了屠宰场。

有句话讲得很真实：“这世界规则就是这样，只要你的价值不如别人，就会被无情地淘汰。”

这个时代，淘汰就像家常便饭。你在混日子中浪费的时间，会慢慢变成困住你的深渊。你眼睁睁地看着别人飞速前进，却无能为力。

时间是这个世界上最公平的东西，你选择打发它，它就会反过来打发你。那些本可以让你变得优秀的每一天，浪费了就不会重来。这个千变万化的时代不会等任何人闲庭信步。你光把自己做好了不行，还得做得比别人好。今天比昨天多做一点点，明天比今天精通一点点，才是普通人应该遵循的真理。只有自己身上有碗筷，才能始终有饭吃。

也许你正在日复一日的工作里慢慢丧失激情。也许你正因为自己的职业道路越走越窄而彻夜难眠……但别忘了，人活着真正的累，不是拼搏的累，而是内心的焦虑与迷茫。

人生最大的苦，不是加班的苦，而是面对生活的无力和绝望。当你真正开始为自己工作，所有的困难都会为你让步。那些你加过的班、做过的项目、学到的本事，都会变作你的底气，让你不用为了生活向别人低三下四。

甄语录 美是多样的，它并不应该被定义，年轻是美，衰老也是！

美不可“驯化”

□草　予

石要瘦皱，树要曲折，美则美矣，却少了实打实的“说服力”。经过“驯化”，美就入了流，规规矩矩，无可挑剔。只是，美得周周正正，总感觉缺点什么。一条真理走江湖，是非立判，黑白分明；一把标尺，妍丑一目了然，善恶显而易见。尺度，是认知的捷径，却是审美的大忌。美总是自由的、无章法的、可遇而不可求的。所以，与其说是“驯化”了美，不如说是“驯化”了审美。

盈也美，缺也美；雅可以美，俗也可以美……审美一旦被“驯化”，世界也就失去了丰富的色彩。

甄语录 聊天是一门讲究“你来我往”的功课。

怎样避免尬聊

□鹿 丸

有一种避免尬聊的方法是聊天时懂得交换。

例如，两个人闲聊，一个人发问：你平时喜欢看电影吗？另一个人回答：嗯，挺喜欢的。这就没有下文了，相当于打乒乓球，其中一个人接住球，却没有反打回去。只能再发一次。但如果换成下面这种，那就有来有回了。

对方发问：你平时喜欢看电影吗？另一个人回答：喜欢啊，我比较喜欢喜剧片，比如，周星驰、宁浩导演的片子。你呢，有比较喜欢的类型吗？这样既回答了对方，又提供了自己的信息，还往下繁殖了更详细的问题，两个人能够继续维持沟通。

因为沟通最根本的要素就是交换，哪怕是闲聊，参与聊天的人也一定是想要得到某种信息。所以我们最好是能够提供信息，让对方产生兴趣，继续聊下去。而且当你把自己的事情透露给对方，也就相当于表现出自己对他的信任，拉近了距离。

甄语录 移情能力强的人才会被打哈欠所传染。

打哈欠会传染

□佚 名

一个人打哈欠，周围的人纷纷跟着他一起打，打哈欠为什么会“传染”？

美国德雷克塞尔大学的心理学家史蒂文·普拉捷克认为，移情人群更容易被打哈欠所传染，即那些喜欢将自己假想成他人的那些人中发生。

为了验证这一观点，普拉捷克和他在纽约州立大学的同事让志愿者观看了一段人们打哈欠的录像。结果有超过40%的志愿者会随着屏幕上的人一起打哈欠，而在这些受“传染”的人中，有60%的人不止打了一个哈欠。研究人员随即让这部分人接受了移情能力测试，结果他们的分数都非常高。

普拉捷克说，这些人是那种在别人踩到尖东西时也喊“哎哟”的人。该结果正好解释了为什么精神病患者很少会被别人打哈欠所传染，因为他们沉浸在自己的世界中，很难进行移情活动。

甄语录 有趣的人，总是更容易交到朋友！

心中有趣，无往不去

□韩　羽

一般的画家画花卉，比如画梅花，一拿起笔，就像战士打靶瞄靶心，盯着梅花的花瓣枝干，再也无暇旁顾了。

白石老人画花卉不这样。比如画荷花，画着画着，笔尖忽地扫向了别处，冲着荷花映到水中的影子去了。荷花倒影能做出啥文章？别的画家恐怕连想都没想过。闲话少说，且看看齐白石的画。这幅画是他送给许麟庐先生的，没标画题，姑且称之《荷影图》。

涂了几片红色花瓣，勾出几笔水的波纹，就是荷花倒影了，不简单乎？点了几笔带尾巴的黑点，就是蝌蚪了，不简单乎？可这两个“简单”凑在一起，就不简单了。岂止不简单，简直妙趣横生了。

水中的几片红色花瓣，引起了蝌蚪的好奇，这是什么玩意儿？争相游了过来。看画人一看就知道这是荷花的水中影子，蝌蚪少见多怪，当成稀罕物，像个什么都不懂的小孩，无知得多么傻，多么好玩，能不逗人莞尔一笑？

笑着笑着，忽又憬悟：谁也不会相信蝌蚪能瞧见水中的荷花倒影，可是这么一画，我们竟然相信了（实是因了我们瞧见了，才想当然地以为蝌蚪也瞧见了），我们不是傻得和蝌蚪一样好玩吗？被画笔给捉弄了，可又乐在其中。这“乐在其中”，按艺术行当术语说，就是审美愉悦。白石老人玩的这一手，就是顾恺之的那句话：迁想妙得。

甄语录 人生就是不断发现问题、解决问题的过程。

提问题

□至　善

林语堂任教西南联大时，在一次演讲中，他对学生讲，人生要有三把刷子。第一把是自信，第二把是兴趣，第三把是问题。前两把刷子不难理解，而第三把“问题”的问题就来了，人生为什么需要问题呢？

林语堂给出的解释是，人生其实就是发现问题、解决问题的过程。同样任教西南联大的闻一多先生也很看重“问题”。他任教的课程基本都不用考试。到了期末，有的课程他要学生撰写一篇论文，有的课程，他则让学生结合专业内容给他提出问题，根据所提问题的“价值”，他再给出成绩。

敢于发现和提出问题，不断提高自己，努力解决问题，才能答好人生这张考卷。

甄语录 哪有那么多黑马，只不过是抓住了每一个机会罢了。

可我偏要勉强

□林羡鱼

记得第一次听见“我偏要勉强”这几个字是在电视剧《倚天屠龙记》中，身为蒙古郡主的赵敏大闹心上人张无忌与周芷若的婚礼，面对众人劝阻，说出了这句经典台词。短短几个字，却将不服输的精神表达得淋漓尽致。是啊，纵使这世间不如意之事十有八九，可谁又想听天由命呢？每当遇到挫折，我都会用这句话鼓励自己，想着“可我偏要勉强”，便平白生出些勇气来。

那时我读小学五年级，班主任是位女老师，待我们极为严苛。不过她老公的性子倒是很随和，虽也在本校任教，却是副科老师。他很喜欢打排球，每逢体育课或自由活动时，若有空闲，他都会约我们打排球。我的排球水平在班里并不算好，发球、接球都很笨拙。可作为一项体育运动，自然势均力敌才好玩，若是连球都发不过去，光捡球能有什么乐趣？为此我暗暗较劲儿，匆匆吃了午饭，就抱着排球到场地练习了。想着老师曾经说过的技巧，我一遍又一遍地发球，那段时间，操场上都是我奔跑着满地捡球的身影。

偏巧那时候学校组织五年级各班进行排球比赛，以我的水平本是不能上场的，但老师知道我也很喜欢打排球，便将我与另一名同学作为替补，让我们轮番上场，也算是体验一下排球比赛的乐趣。记得比赛那天，轮到我上场发球时，队友们配合得好，轮轮得分，我竟然获得了连发8个球的机会。虽然接球我并不擅长，但是发球还是能够保持稳定水准的，也算为团队做出了贡献，这算是我运动生涯最光辉的时刻了。

我自然也明白，体育运动靠的是日积月累，想用短短数日就逆风翻盘显然是不现实的。我们能够赢得这场排球比赛的胜利，与同学们平常一起玩球培养出来的默契密不可分。可这件事仍给予了我莫大的勇气。就算不行又怎样呢？我偏要勉强。

哪怕是最不擅长的运动我也咬牙扛下来了，想当年我可是连发了8个球的人啊！

在诸多事上，我都算不得有天赋，纵使学习一贯还算努力，成绩却始终处于中游。我晓得寒暑假是分水岭，毕竟到了难得的假期，大家都想适当放松一下，所以我在假期里仍旧制定了严格的学习任务。我深知，若想赶超旁人，就得狠下苦功夫。凭什么他们可以当学霸，我却要始终平庸呢？我偏要勉强，我也想混到成绩榜前几名去瞧一瞧。

高二下学期，刚开学就进行了一次考试，拿到试卷，我扫了几眼后觉得很熟悉，后来才发现多数竟是假期作业里的题……那次考试我简直如鱼得水，成绩公布时，我竟考了班级第四、年级第六，在学霸云集的班里引起了短暂的关注。那天傍晚，我坐在楼梯间与家人偷偷打电话分享喜悦。家人说："这次考得不错，继续保持。"虽然我心里明白这个成绩很难保持住，却还是暗暗鼓励自己，要永远带着这股韧劲往前走。

后来，等到学习步入正轨，我的成绩果然又回到了中游，可是那又怎么样呢？我偏不服输，靠着这股拼劲往前冲，但凡有机会，我就还能一鸣惊人。哪有那么多黑马，只不过是抓住了每一个机会罢了。运动如是，学习如是，生活亦如是，不擅长又怎样，只要是自己觉得值得的事，总要勉强一番才甘心。何况就算暂时没成功又有什么关系呢？我们还可以静静地等风来，亦可追风去！

甄语录 当投入与所获不成正比的时候，你就需要重新思考努力的方向了。

高价值淘汰

□赤　壁

朋友开了一家包子店。

装修高档，一般的"苍蝇馆子"绝对不能比。包子肉馅儿用最新鲜的猪里脊，请最好的师傅调馅儿制作，包子皮都是用高精粉和面，小笼蒸出来的包子，外皮晶莹剔透，味道鲜爽醇香。除了猪肉馅儿，还有水晶虾仁、鲍鱼海鲜包等。当然了，因为成本高，价格也不菲，每只包子3元起步。

一开始，朋友估计很多人听说新开了这么高档的包子店，会来尝鲜，看看这么贵的包子到底什么味儿。然而，他的包子店开业月余，生意惨淡，亏损严重。

他邀请我们一帮朋友帮忙"把脉"，说："我重金投入、真材实料、精耕细作的包子咋就没有人买账呢？"

许多人都陷入了沉默。这时候，一位年龄稍长的兄长说了这样一句话："很多年前，许多女子喜欢用真丝手帕，那些手帕每一块都价值不菲，但现在你看看还有人用它吗？餐巾纸哪个馆子里找不到，谁包里不随身携带？有这么多的人选择了餐巾纸而不是真丝手帕。你悟到什么了吗？"

朋友恍然大悟："高价值不一定带来高回报，相反，有时候还可能给你带来灭顶之灾。这也许就是所谓的'高价值淘汰效应'吧。"

甄语录 知己不足而后进，望山远岐而前行！

换个思维，人生就顺了

□南酱蓓蓓

我从出生时身体素质就一般，身高、运动、成绩总是不如别的孩子，所以经常被欺负。班里那些不爱写作业的同学经常把作业往我面前一扔，让我用不同字体给他们写。我不敢反抗，反抗了他们就在我头上送个大“红包”。

每每遇到这样的情况，我就想：他们的成绩都比我好，也许这是我唯一能超越他们的机会。他们玩，我写作业，他们一份不写而我写很多份，我就多了几个学习和超越他们的机会。

令我没想到的是，一个学期后，我的成绩真的超越了他们所有人。

那时，老师喜欢布置板报，每周要出两次，班干部轮流做，画画他们倒是乐意，一到写字的环节，他们就集体用眼神把我赶过去写。我还没有黑板高，只好站在凳子上写。面对这样的状况，我依然有“精神胜利法”：爸爸和老师不是总说我胆小、写字难看吗？正好借机练一下写字和站在众人面前的胆量。胆量有没有提升我不知道，不过两个学期下来，我不但字写得越来越好看，速度也越来越快，后来每次语文考试我总是第一个交卷。

随着逐渐长大我发现，无论何时，面对何事，我都是弱弱的那一个，但无论自己最后的做法有多懦弱，我总能从中找到自以为积极的一面，并说服自己坦然去做。

中学有段时间，八门科目，我有七门成绩很差，唯独语文排在年级前几名，作文尚可。有一次，我们县里举办作文比赛，学校组织选拔，每班有两个名额，我和班里的第一名被老师选中参加初赛，结果我成功过关，第一名出师不利。但没等我开心多久，班主任就找到我说：“班级第一名历来作文成绩比你稳定一些，能不能把决赛名额让给他？”

一瞬间，我愣在原地，但最终还是同意了。因为班主任说得也不无道理。兴许是那次夺走了我的作文决赛名额而心中有愧，后来有一次学校举行演讲比赛，班主任也分给了我一个名额。我内向胆小，从不敢在人前说话，更别说演讲了，但班主任说：“会写作文就会说话，大胆尝试一次，我相信你。”

当时我并不会写演讲稿，怕出丑。班级第一名就跟我说：“我的给你参考一下。”我很感动，欲拒还迎地浏览了一遍，然后老毛病又犯了——那时我只要一看别人的东西就能全文背诵，自己再写东西就怎么也逃不出那个套路。

结果是，班级第一名在初赛演讲后掌声雷动，我紧跟其后演讲完也掌声雷动，不过是在喝倒彩，大家当场指出我抄袭。我整整难过了一星期，也忘不掉出丑的那个场面。

有一天我顿悟了，相比于演讲成败，更重要的是班主任那一句“大胆尝试一次，我相信你”。

那次之后，凡有演讲比赛我必参加，所赢不多，但我克服了人前不敢说话的毛病。也许这就是积极思维带给我的积极作用。

在后来人生的每一个阶段，我还是会暴露出种种缺点以及自己的无能，面临种种“绝境”，我渐渐发现，最后我所有的成长与改变也都发生在我知耻而后勇、知不足而后进取上。我没有玻璃心，没有“羞耻心”，但凡事情能让我抓住一点积极意义，我就往那个意义上寻靠，往那个意义上努力，最终靠那一点积极想法和努力，迎来一村又一村的柳暗花明。

也许我永远成不了聪明孩子，但差孩子也可以一点点变好——每个孩子都有自己的成长方式。

甄语录 良好的压力可以是对抗未来逆境的疫苗。

压力究竟有益还是有害

□译/绿　洲

日常生活中，人们的压力可能来自方方面面：为通过考试而努力学习、为工作中的一个重要会议仔细做准备、或者为了完成任务而加班——这些都有可能促进个人成长。再比如，被出版商拒绝可能会迫使作家重新思考自己的风格；被解雇可能会促使人们重新评估自己实力，进而判断他们是应该留在自己的舒适区，还是应该开拓新领域……

适当的压力和压力过大之间界限很窄，人们需要把控压力的度，在中间找到一个平衡点。

“这就像你一直在做粗活，皮肤上就会长茧子。”奥斯里表示，“我们大多数人都有一些不愉快的经历，这些经历实际上让我们变得更强大。有一些特定的经历可以帮助你进步或发展技能，让你为未来做好准备。”

但是承受压力和逆境的能力是因人而异的。

虽然一点点压力对认知能力有好处，但奥斯里警告说，持续的高强度压力可能对身体和精神造成难以置信的伤害。“长期的压力，比如来自赤贫生活或被虐待的压力，可能会对健康和心理造成非常糟糕的后果。它会影响你的免疫系统、情绪调节能力和大脑功能。不是所有的压力都是好的压力。”

甄语录 人生的选择题没有标准答案，它有无数种可能！

那些年，我们和选择题的斗争

□Karen

打开试卷，发现第一个题型是选择题，我的紧张情绪得以缓解——就算不会做，最起码还有概率蒙对。然而短的题干我不敢掉以轻心，长的题干则需要忍住想要跳过大段文字而直接看最后一句话的冲动认真分析，生怕错过任何细节；ABCD四个选项以或熟悉或陌生的面孔在下方整齐排开，从思考、计算、勾画、对比，到“这道题我以前好像做过”，再到“三长一短选最短，三短一长选最长，长短不一就选B，参差不齐就选D”，最后到“实在不会就选C”，我已使出浑身解数应对。

而多选题则削弱了技巧的作用，让我陷入更大的慌乱和怀疑中。表面看上去岁月静好的题目实则处处是坑，哪怕只是一两个字的改动都足以让我巧妙地避开正确答案。从“少选也得分”进化为“全对才有分”，多选题摇身一变就成了失分利器，更何况现在每道题的分值不再是0.5，它已十倍于自身，然而我的知识水平却赶不上它的增值，落笔也越发慎重。

但不管试卷上的字母狂野或迷你、精致或潦草，做题的步骤都只是陪跑，最终只留下答题卡上既要被识别，又不至于戳破纸张的2B铅笔方块，在其中还能察觉到一丝强迫症的痕迹。至此，和选择题的正面交锋才算暂停。

对答案像是在刮奖，答题时的紧张也卷土重来，和期待、震惊、喜悦、懊悔、疑惑、无力交织在一起，让心脏反复坐过山车，有时听不清老师说的是B还是D，标准答案也出现过纰漏，但幻想得分的粉红泡泡很快就会破碎。老师在讲台上苦口婆心：“几道选择题能顶一道大题的分，得选择题者得天下。”我埋下头，看着自己的答案，感慨自己再次失去了江山。

选择题让我对“团结就是力量”的理解又深刻了不少，题海战术也是对它的一种诠释。于是，就连题库也有了“内卷”的趋势——占比更多的选择题带给我们“简单容易”的错觉，从而顺利成为习题的卖点。而选择题数量越多，似乎就越代表题目包罗万象、命题人考虑全面、考试时能拿高分，而非被“试题刺客”迎头痛击。

从“做题”到“刷题”，动词的更换也能体现出现象和心态的转变：我们很难再耐心地看完冗长的题干，对规定时间内的作答也提出了质与量齐飞的要求，“二刷、三刷”更是成为常态。而在手机上刷题不仅省钱省心，还能充分利用碎片化的时间，让生活中每一段原本无聊的等待都插上选择题的旗帜，变成自律和意义的象征。

但这也意味着选择题更深入地渗透进我们的生活，影响我们的思维和行为方式。《开放的思维》的作者道娜·马尔科娃认为，“只选对的”让我们难以容忍错误甚至微小的偏差，久而久之便不再对挫折和失败的存在表示宽容和理解，与冲动、好奇和创新也渐行渐远。一件事情的起点和终点越来越像“点”，而非散布着自由与可能的范围，而在两点之间的直线，是钢丝，也是独木桥。

现在，只需把题做对就能高枕无忧的青春时代已经远去，坐落在时间与空间中的无数题目也不再能仅凭纸笔作答。离开题库和试卷，选择题仍充斥于我们的生活，大到和谁结婚、在哪儿买房，小到今晚吃什么、周末去哪儿玩。好在人生的选择题没有绝对的对错和评分标准，而一个个决定也像纽带，既承接过去，也指引未来。更重要的是，我们终于成为自己的命题人，考纲也只有一句话：只有天空才是极限。

甄语录 往数学中加入一点文艺气息，让数学变得更有趣。

圆周率中有宇宙

□王培贤

在美国电视剧《疑犯追踪》中，深居简出的“宅总”哈罗德 · 芬奇在一次讲课中说了这样一段话：“圆周长与直径之比，无穷无尽，永不重复。这串数字中，包含着每种可能的组合。你的生日、储物柜密码、社保号码，都在其中某处。如果把这些数字转换为字母，就能得到所有的单词，无数种组合。你在婴儿时发出的第一个音节，你心上人的名字，你一辈子从始至终的故事，我们做过或说过的每件事，宇宙中所有无限的可能，都在这个简单的圆中。”这段话用十分文艺的方式讲述了圆周率的概念，令许多观众印象深刻。

甄语录 我不希望学生上课睡觉，但我捍卫他们睡觉的权利。

请尊重我的课堂

□路　明

见到许伯威先生时，他已经70岁了。这位国内顶尖的理论物理学家，在校方的邀请下重新出山，给我们这群本科生上量子力学。

许先生一头白发，总是穿着一件灰色的夹克衫，朴素干净，夏天则是灰色短袖衬衫。量子力学是物理系公认最难的课程，许先生讲课不用投影，不用幻灯片，坚持写板书。从普朗克到薛定谔，从海森堡到狄拉克，涉及无数抽象的演绎与推导。先生每次上课都密密麻麻写满四大块黑板，擦掉，再写满。逻辑清晰，一丝不乱。

被问起缘何选择研究量子，许先生笑言，当年他在南开大学读研究生时，学校组织批判“资产阶级学术理论”，分配给许先生的任务是批判狄拉克的量子学说。乱世中，这却是一个可以静心读书的难得机会。许先生借“批判”之名，系统钻研了狄拉克的理论，大为叹服，从此与量子结缘，始终不渝。

1970年，“东方红”卫星上天时，先生正下放甘肃农村劳动。身边没有任何资料，他硬是从牛顿定律出发，推导出了整个力学体系，进而计算出“东方红”的轨道参数。与官方公布的数据，几乎丝毫不差。先生说，当时那种喜悦之情溢于言表；回头想，多少岁月蹉跎，情何以堪。

给我们上课的那个学期，正值“本科教学评估团”前来视察，学校极为重视。系里召开大会，反复教导我们，万一遇上专家私访，该如何作答。此外，为展示我校学子积极向上的精神面貌，各宿舍摊派一人，每天早上六点钟去体育馆打乒乓球。

教务处也不闲着，派出人手在各教学楼蹲守，专抓那些迟到、早退等“学风不正”的学生。抓到就记过，取消奖学金及保研资格。

一时间人心惶惶。那天上午，许先生正上着课，一位教务处的领导，突然冲进教室，揪住一位正趴着睡觉的学生，要记他的名。

我听见了许先生的声音——请你出去。领导愣了，“这不，我给你整顿课堂纪律呢”。

“那么，请你尊重我的课堂。”许先生顿了顿，一个字一个字地说，“我不希望学生上课睡觉，但我捍卫他们睡觉的权利。现在，请你出去。”

领导脸憋得通红，犹豫了一下，怏怏地走了。霎时间，班里掌声雷动，经久不息。

今天想起这段话，依然抑制不住热泪盈眶。没错，我就是那个上课睡觉的学生。从那天起，我再没在许先生的课上开过一分钟小差。期末成绩98分，是我四年本科期间的最高分。

我们是许先生教的最后一届本科生。一年后，我直升本校研究生，后来又读了博，成为一名高校教师。在我的课上，我坚持不点名。我对每一届学生重复着许先生说过的话——我不希望你们翘课，但我捍卫你们翘课的权利。

2007年4月29日，许先生因病去世。按先生遗愿，丧事从简，谢绝吊唁。噩耗传来，好多老师和学生都哭了。

记得有一节课，讲到电子轨道的角动量，先生仿佛在无意中谈及生死——“一个人的死，对宇宙而言，真的不算什么。总质量守恒，总能量守恒，角动量守恒。生命不过是一个熵减到熵增的过程。始于尘土，终于尘土”。

在键盘上胡乱敲打，打出一首情诗；随意洗牌，洗出一手同花顺。生命是偶然。遇见另一个生命，是偶然中的偶然。

我不知道，一个生命对另一个生命，究竟意味着什么。一个粒子轰击了另一个粒子，一个波经过了另一个波，抑或是一个量子态纠缠着另一个量子态？我只知道，有过那一个时刻，一个人、一句话击中了我，照亮了我，改变了我的人生。

甄语录 工作之中无小事，事事都需严谨待之！

一个螺丝都不能少

□詹　奎

一次在火箭总装车间，七机部军管会副主任杨国宇现场督促寻找一个小零件，甚至把发动机都吊起来找。因为火箭生产过程中管理十分严格，哪怕是一个螺丝，都是先按工艺要求备定，再由负责操作的工人领取并严格登记：领取人、螺丝的型号、规格、数量等。工作完成，应该是不多不少。多出一个，说明有漏装，少了一个，就是落掉了。掉在哪儿？若掉在火箭内部某处甚至卡在哪儿呢？发动机工作时会发生剧烈震动，漏装处会松动，掉在里面的螺丝可能活动起来，这太危险了，甚至会因此导致发射失败。这绝不允许！所以杨国宇会亲自到现场。

在一般工厂里，工人们用螺丝时，往往先拿一盒，不够再去拿，多了再放回去。在生产火箭的工厂，绝不允许如此。

甄语录 努力从来不会白费，今日撒下的种子，正在你看不见、想不到的某处，悄悄地生根发芽。

下过的功夫不会浪费

□王小燕

一次，华南理工大学建筑设计研究院院长何镜堂院士做客《开讲啦》。何院士诚恳地讲道："1964年，我当研究生的时候，一次，老师指导我写一篇有关医疗建筑的论文，我为了完成这篇论文，到北京收集资料，我从朋友那里借到一本书，是一本英文书，但是人家只让我看3天，不能拿走。当时，我就住在西单教育部的一个小招待所，房子里连一张桌子都没有，我就狠了狠心，买了透明纸，用3天时间把整本书原样地抄录下来，这个本一共61面，167000多个字，包括图形，我又没带尺子，都是徒手画下来的。"

何院士把这个手抄本带到现场，它的大小像长条形记账本，顶部的两端用黑色的夹子夹着，封面是白纸，内页的纸张微微发黄，打开这个不起眼的手抄本，简直太惊人了！每一个英文字母誊抄得特别工整，就像打印的一样，一行一行排列井然有序，每一个图形以及高难度的建筑平面图，都是按照原图的比例徒手画出来的。太不可思议了！

撒贝宁赞叹说："这哪里是抄下来的书？这就是一件艺术品。"

何院士还展示了他当年抄书的笔，那是一支极其普通的蘸水笔，想想他抄书时，一边蘸点墨水，一边抄写，那是何其艰难。3天时间，对我们来说能干什么？而何老因为对知识的无比渴求，他硬是靠着顽强的意志力，将整本书一丝不苟地抄了下来。撒贝宁感叹："一个人的特质往往就隐藏在这样一些小的事情里，所以，今天我们不要小看每一天的积累，下过的功夫都不会白费。"

行动 | 心之所向，身之所往，
虽道阻且长，然行则将至，做则必成！

甄语录 球场上，胜负固然重要，但做一个“输得起”的人同样重要！

球品如人品

□谢锐勤

作为一个打羽毛球超过20年的人，球友见多了，结合生活中的见识，发现大多数时候球品如人品。

如果一个人打球时喜欢瞎指挥，球打赢了便认为是自己的功劳，打输了却指责队友水平太差，而且黑着脸，仿佛全世界都欠他的，想必这个人在生活中也喜欢斤斤计较。

如果一个人打球时显得“嫌贫爱富”，只和水平高的对手过招，胜负欲很强，特别想赢，于是拼命打；一旦遇到对手水平不如他，就打得稀稀拉拉，状态一会儿在线一会儿不在线，也不会尽量配合队友。这种人“看菜下饭”、选择性打球，想必在生活中也是如此吧。

球品如人品，所以球品好的人，通常人品也不会太差。

比如，一个人不管遇到的对手水平高低，都全力以赴，每场球都打出自己最好的状态，好像面对的都是值得尊重的顶级高手，这种态度也会延续到生活中，他看重的不是对手的技术，而是自己的心态，让自己从打球中获得乐趣。

比如，一个人搭档水平不如自己的队友，并不嫌弃，而是帮助队友抗衡对手，时刻准备补队友的漏洞，赢球了谦让给队友，输球了鼓励队友，让队友没压力，甚至信心百倍，那这个人格局一定很大，胸怀宽广，生活中也必定既大度又平和。

反过来说，也可以根据一个人的人品大致推测出其球品。

当然，球品如人品是一个大概率事件，并非精准对应。但我想，球场也如职场，也如人生，对真正懂得打球的人来说，他打的不只是球，更多的是在陶冶自己的情操，修炼自己的心性。

甄语录 世上有许多事可以请人代劳，唯独成长是别人替代不了的。

靠天靠地，先靠自己

□王　伟

新西兰孤悬于南太平洋，早年间植被茂盛，食物丰富，没有猛兽和毒蛇的袭扰，非常适合鸟类栖息繁衍。久而久之，许多鸟类翅膀退化，失去了飞翔的能力。

18世纪后期，欧洲殖民者大举开发新西兰，砍伐森林，开垦荒地，还带来了牲畜放牧。无翼鸟不会飞也跑不快，猎捕起来不费吹灰之力，不到200年，大部分无翼鸟就悄无声息地绝种了。

在所有无翼鸟中，几维鸟体形最小，只有2千克重，它们白天躲藏在挖掘的洞穴里面，太阳落山后才会出来觅食，因此很难被人发现。尽管如此，等人们察觉时，几维鸟已成为唯一幸存的无翼鸟品种，数量正在急剧减少。

人们为了保护几维鸟，专门开辟了保护区，还研究了人工繁殖的方法。然而，几维鸟的繁殖比想象中困难多了——不仅繁殖率低，生长期长，孵化率也不高，一些雏鸟在破壳过程中体力不支，甚至被闷死在蛋壳里。

于是，动物保护志愿者在雏鸟即将孵化出壳的那几天里，日夜守候在鸟蛋旁边。当听到鸟蛋里有动静，雏鸟在啄蛋壳的时候，志愿者小心翼翼地将蛋壳剥开，帮助雏鸟顺利出壳。可是，被解救的雏鸟一副病恹恹的样子，通常撑不过两天。

原来，自然孵化的雏鸟在出壳后的一周内无法进食，仅靠肚子上的卵囊提供身体所需营养，此后才会自主寻食小虫和浆果。出壳时，雏鸟先在蛋壳上啄出洞来，接着用尽全身力量向前钻，卵囊就会被蛋壳挤压进肚子里，只有这样，卵囊中的营养才能被源源不断地输入体内。人为地剥去蛋壳，也就省略了打通营养供应管道的过程，这样出壳的几维鸟逃脱不了饿死的命运。

世上有许多事可以请人代劳，唯独成长是别人替代不了的。靠天靠地，先靠自己。

甄语录 你的人生，多一点勇气，便多一种可能！

小小的勇气

□戴帽子的鱼

我记得小学体育课后去买棒冰，付钱的时候，一个女同学问我借钱也买了一根棒冰，但后来迟迟没还钱。我心里挣扎了很久，不知道要不要提醒她。那个借钱的女同学很漂亮，平常有很多朋友，但她那次居然开口找我帮忙，我顿时有一种被命运女神垂青的感觉。

这确实是一件小事，女同学很快就忘了。但我没忘，我那时的零花钱不多，如果她还钱给我，我就可以吃上一根冰冰凉的棒冰了。同时我又很纠结，我好怕伸手讨要这种小钱，会被别人认为不大方，不体面。

这样纠结了很久，我做了很长时间的心理建设，终于在一天放学后拦住她，红着脸摊开手要她还钱。她意外地愣了一下，随即像忽然想起来那样大声“哦”了一句，赶紧掏钱还给了我。

我记得那张皱巴巴的钱握在手心里的感觉——虽然小，但我要回了属于自己的东西！那一刻，我丝毫没有像之前那样，担心这会不会显得小气。相反，我很开心和激动，因为做了想做又不敢做的事，于是我犒赏了自己一根棒冰，美滋滋地慢慢品尝。

现在想起来，那一刻是我勇气的萌芽，我勇敢地走出了第一步，以后才会有亿万步。

的确，我至今为止做过很多勇敢的事，给一见钟情的少年写几万字的情书，一个人去南半球陌生的海岛上打工，去深海潜水……

朋友问我：“怕吗？”我很肯定地回答：“怕。”

“那你还去做？”“我更怕的是这次怕，下次也有理由因为害怕而拒绝尝试，最后我怕的东西越来越多，成为一种惯性。”

勇敢的反义词是懦弱，懦弱就会一直退缩。一直退缩的话，一个人就会不断地失去自己的领地，到最后被挤压得毫无立足之地。反之，我相信勇敢者会一直开疆拓土，撞破想要封闭我们的结界，驰骋在更广阔的人生里。

最后，至于什么是有勇气。我觉得勇气不在于你忽然做一件大事来证明，相反，勇气其实藏在那些细枝末节、绵延不断的小事里。甚至小到一个人来插队的时候，你敢于质问对方怎么不排队；别人请求你帮忙的时候，你如果不愿意，能够勇敢地说“不”……

“勿以勇小而不为”，不要因为只是小小的勇敢就觉得没必要做，日积月累，当一个人的勇敢成为浸透生活的日常，那才是真正的勇士吧！

甄语录 越自律，越自由！

自控力带来自由

□康　沛

这段时间，我常常听到这样的抱怨："上班的时候人好烦躁啊。你真是不知道我们老板和同事有多极品！"

我建议道："不如辞职休息一段时间？""休息以后肯定还是要找新工作的，而且现在的工作普遍不好找……"

"要不开个网店试试看？""认证、找货源、店铺装修、拍照什么的好麻烦啊！"

后来我便知道了：他们只是说说而已。抱怨发泄过后，所有人都会乖乖地去上班。原因很简单：辞职后，生活质量可能还不如现在。

作为自由职业者，我越来越了解一件事情：真正的自由，其实是那些拥有控制力和执行力的人才能拥有的。

一年多前，我决定辞职时，想象中每天的生活节奏是这样的：

早上八点起床，出门跑步或去健身房锻炼。两小时之后回家，买菜、网店发货，随后给自己做午饭，以及为与先生共进的晚饭做准备。中午用完餐后小睡一会儿，一点钟去咖啡馆写小说。五点钟回家准备晚餐，六点钟左右吃饭，随后做家务，看电影或书，聊天，十一点左右上床睡觉。

听上去是不是真的很好？可惜一年三百多天，能真正这样执行的，也不过只有几天而已。更多的，是这样的生活：

上午十点多醒来，躺在床上玩手机，被"快递小哥就要来了"的焦虑感逼迫起床打包货物，下午一两点钟才随便吃了点饭。一下午都在"出门与否""没有灵感的情况下要不要写小说"的纠结中度过，间或不停刷新各种社交网络。晚上先生回来了才匆忙开始做饭，然后又因为"去不去健身房"纠结一晚上。午夜过后，大脑才真正活跃起来，然后看剧集到两三点……

这种不受理智控制的生活看似随心所欲，但我并不真正享受。不过好在拖延十天半个月后，我往往会突然反省起来，然后勉强打起精神，提高效率。所以，尽管"时间表"并不能够完全按照预想中那样执行，也还算是有点成绩的：一年间写了30多万字，也算是没有辜负辞职时的初衷。

毛姆说，"要想灵魂宁静，一个人一天至少要做两件他不喜欢的事"。我对这句话的理解是：琐碎和阻碍就是生活本身，只有把它们当作磨炼，并真正克服和掌控它们，拥有了内在的控制力，人生才能真正自由。

如果做出一个改变，一定要出于你想要成长的欲望，而不是为了逃避。把此岸的生活经营好，才能理所应当地向往彼岸，不是吗？

甄语录 有些过程不能偷懒，你省略一个步骤，结果就可能会千差万别。

画了五层的《千里江山图》

□流念珠

《国家宝藏》节目向观众展示了北宋画家王希孟的传世画作——《千里江山图》。这幅画描绘的是祖国的锦绣河山，画上峰峦起伏绵延，江河烟波浩渺，山间高崖飞瀑，繁复的林木村野、舟船桥梁、楼台殿阁、村舍集市，各种人物布局井然有序，真是气象万千，壮丽恢宏！

中央美术学院的教师冯海涛曾花费4年时间潜心研究此画，然后闭关2个月，“复制”出了此画作1/10的部分。

在节目中，冯海涛向观众一步一步揭开这幅青绿山水的神秘面纱。

原来，王希孟在绘制这幅传世之作时足足画了5层。

第一层，他细细绘制一幅11米长的水墨山水画来打底，也称为“粉本”；

第二层，他在原有的笔墨轮廓上添加红色，为后边的绿色做冷暖对比的铺垫，让画更加鲜亮；

第三层画绿，使用上等绿松石或孔雀石制成的颜料；

第四层还是画绿，却是在现有的绿色上用其他颜色叠加，以调出极富变化的视觉效果；

第五层才是上青，让画作显现出“青出于蓝而胜于蓝”的蓝色效果。

除了创作过程复杂，这幅画所用的颜料也极其珍贵，基本都是从宝石、矿石和中药材中提取。

冯海涛将《千里江山图》的绘制原理描述得十分清楚。主持人张国立对他佩服得五体投地，却也忍不住问出心中的疑惑：“当初王希孟画了那么多层，最开始的墨稿不就被覆盖了吗？那他为什么不跳过第一层，直接从第二层开始画？”

冯海涛说：“这看上去确实有点儿笨。可没有这层笨功夫，画作后来的色彩变化就不会那么丰富。我刚开始研究王希孟是怎么完成《千里江山图》时，是直接勾勒出山水墨线，然后一层一层上色，用的也都是赭石、孔雀石、蓝铜矿、砗磲等名贵原料制成的颜料。可画完我发现，作品黯淡无光，完全看不到《千里江山图》的那种璀璨效果。于是我推倒重来，先认真打底，画好水墨稿，然后一层一层叠色。果然，认真画过5遍之后，复制图和原图一样，呈现出古画特有的‘青绿山水’效果。”

王希孟若想省一点儿力气少画一层两层，《千里江山图》就不会成为传世之作。他早在千年前就用自己的画笔告诉后人：做事情最朴实的道理，是踏踏实实做好每一步。

甄语录 有时候放低姿态并不代表示弱，而是为了更好地跟大家打成一片。

匍匐在地，才能看到细节

□董建昌

日本第二大汽车精品及维修保养公司社长键山秀三郎在创立皇帽株式会社之初，曾面临诸多困扰。最令他头痛的是公司招不到人，等好不容易招到人了，员工的流动性又很大，而且因为素质不高，员工对待客户的态度很粗暴。

开始，键山试图用语言或文字来改变现状，结果却难如人意。思来想去，键山另辟蹊径——通过创造干净的工作环境来改变员工的心性。

第二天，键山就一个人清扫了公司所有的公共空间，包括彻底清洗公司的厕所和停车场，洗公司的车，也洗来宾的车。

后来，他觉得厕所是大家最抗拒却又最重要的地方，于是，他就将更多的时间花在了打扫厕所上。当然，键山不只打扫公司，也打扫公司周围的地方。拜访上下游厂商时，如果见人家的厕所不干净，他甚至会将手伸进马桶里捡烟蒂。作为一个公司的领导，居然做这等事，许多人都表示不解。

键山打扫厕所的时候，员工都装作没看见，照样站在小便池前面方便。他在擦楼梯的时候，员工也是直接从他面前跨过去，然后还对外人说："我们的老板只会打扫厕所。"这令键山很尴尬，也非常沮丧、矛盾。

其实，键山一点都不喜欢打扫厕所，但他又固执地认为，人在不干净的环境里工作，心情肯定会受到影响；而环境洁净，人的心情就会平和，就会对未来充满希望。

就这样，键山一干就是10年。

终于，10年后的某一天，键山正在停车场洗车时，一个员工静静地加入了，两个人一言不发，默默地清洗；再过几天，又多了一个员工；再过几天，又一个……

最令键山开心的是，自从员工自觉地加入后，公司的气氛开始转变，员工间的互动和协调的质量有了显著提升：每个人都变得细心、周到、热情起来，而且无论公事还是私事，大家都能主动相互帮忙了。

由于清扫工作更注重小地方、小细节，公司员工对规范的意识和自我要求都有所提高，工作失误和产品瑕疵都减少许多。

皇帽曾做过市场调查，"皇帽员工待人亲切周到"这一点最让客户印象深刻。也因此，现在的皇帽员工对营收的平均贡献度已经超出日本第一大汽车精品及维修保养公司12%。

键山秀三郎坦诚地说："我花了10年的时间，匍匐在地，才看到细节，才感动员工加入，然后又花了10年时间，才吸引来上下游的厂商登门求访，要求研习打扫。没错，我在弯腰洗厕所的同时，也洗涤了人的心灵。"

甄语录 生命的历史就像一根分叉的树枝，看似在与某些人相伴同行，实际上我们都在不知不觉中做出了选择，走向了不同的终点。

伴我同行

□陶　琦

罗翔曾在一档谈话节目中聊到少年时有一个好友，两人关系很亲密，一天好友突然失踪了，罗翔去他家探问才知道，好友跟几个人去偷东西，为贼望风，被捕入狱了。

罗翔说起这件事，既叹惋，又后怕，假如那天好友来叫他一起去，估计他也很难拒绝——像他这种成长于小城镇，又正值懵懂年纪、涉世未深的少年，在当时的环境中，很难做出其他的选择。

好莱坞电影《更好的生活》中，一个从墨西哥偷渡到美国的非法移民，行为不被儿子理解，说起自己的人生，他很精妙地道出了其中的无奈："在小城镇，人们都在做别人做过的事，找个女人结婚，然后往北走。我也是这样做的，因为我不知道还有什么其他的选择。"

每个人的成长道路上，都有几个陪伴自己走过一段路，最后又因为不同的选择分道扬镳的人，由此留下的记忆，成为不同人生阶段的一部分。这些记忆或温馨、或暗黑，或感觉不适、或让人依恋。但就像进化理论诠释的那样，生命的历史就像一根分叉的树枝，正是因为分路而行，才使一些人真正受益。毕竟人类史上重大的进步，从不是以延续前路为亮点。

美国诗人爱伦·坡少年时，希腊爆发独立战争，年轻热血的爱伦·坡想去欧洲参加义勇军，帮助希腊人摆脱奥斯曼帝国的统治。他把想法告诉了玩伴艾本奈兹，并邀请他一同前往希腊参战，艾本奈兹满口答应。爱伦·坡自幼父母双亡，是被人收养长大的，这种独特经历令他内敛冷漠，想象力活跃又讷于言辞，艾本奈兹是他最亲近信任的朋友，两人经常在一起阅读冒险小说，聊各种心事，有着深厚的友情。

到了约定时间，艾本奈兹经过审慎考虑，意识到参加战争的危险，食言退出了，没有如约出现在爱伦·坡面前。两人之前做的计划也沦为空谈。爱伦·坡为了缅怀这段未遂的英雄梦，开启了写作生涯。很难假设，如果不是因为艾本奈兹的失约，爱伦·坡如愿前往希腊参战，人生会变成怎样。

我幼时的邻居，也是我的邻班同学。他父亲离婚后再娶，后母生了一个弟弟，常被忽视的他感受不到家庭的温暖。那段时间，正好电影《少林寺》掀起习武热潮，他邀我结伴一起扒火车穿越近半个中国，到少林寺做和尚。这一计划既刺激又极具诱惑，但我也像艾本奈兹一样选择了退缩。没过多久，他放学路上跟人发生争执，厮打起来，学校旁边就是菜市，他顺手抄起肉摊上一把剔肉尖刀，一刀刺在了对方的肋部。对方当即倒地，经紧急送医抢救才保住性命，他也因此被学校开除了。

我有时会思考一个与罗翔一样的问题：假如我当初选择了与邻居离家出走相伴同行，现在会怎样？

美国社会学家阿莉·拉塞尔·霍克希尔德曾对一家大型企业的高管做过采访，询问成功之道。该高管对公司的员工有过很细致地观察。他发现那些野心勃勃、工作能力非常突出，同时具有奉献精神的员工，彼此的人生看似是在相伴同行——大家有着同一个老板，每天做着相同的事，实际上各自也会在不知不觉中做出选择，最终形成终极淘汰。

其中一些人为了成功，心态会变得扭曲，把自己当成蜡烛一样燃烧，不论是在家庭生活还是工作中，与他人产生抵触、难以投合。那些从潜在竞争中胜出的人则会表现得相对理性，工作上既有所表现，又能保持良好的精神与心态，去维系不同的生活。马克思·韦伯说，现代文明核心的部分就是理性化的过程。大多数人今天之所以走在正确的路上，就是受理性化之益，得以从一场场不同的“终极淘汰”中胜出。

但是对那些曾经在人生路上陪伴我们的人，也应当说一句“感谢有你同行”，因为正是他们让人知道一切都有代价。

甄语录 天才的背后是不为人知的努力。

天才的恐惧

□徐九宁

帕布罗·德·萨拉萨蒂是西班牙著名小提琴家、作曲家，他演奏技艺精湛，被称为“再世的帕格尼尼”。

萨拉萨蒂一生中创作了大量的小提琴独奏曲和协奏曲，极大地丰富了小提琴的表现力，代表作有《流浪者之歌》《卡门主题幻想曲》等。

42岁时的一天，萨拉萨蒂看到一家报纸对他的报道，标题醒目：天才小提琴家。“我5岁开始练琴，每天练习14小时，练了37年，现在他们居然叫我天才，真是太可笑、太荒谬了！”萨拉萨蒂说道。

他还说：“每次登台表演时，内心都充满恐惧，害怕警察突然闯进来，把我带走，去审查我有没有艺术天分，那时我一定会露馅的。”

我们总是习惯性地认为，那些了不起的人物之所以成功，是因为他们拥有与生俱来的天赋，并且内心强大，从不会感到害怕和恐惧。其实不然，他们不仅仅有天赋，重要的是他们比常人更勤奋努力，并且在遇到困难时，没有被恐惧完全控制。

甄语录 语言的力量并不会因为声音小而被削弱，有理不在声高！

小声说话的力量

□董必胜

小时候，我很羡慕那些讲话大胆且大声的孩子。因为在小伙伴中，谁的声音大，谁就可以当大哥。在课堂上朗读课文，谁的声音大，老师就让谁起来领着全班同学读。从那个时候起我就知道，声音大是一件好事。但我是一个说话很小声的人，别人都叫我“女孩子”。我讨厌别人把我看成女孩子，总想自己有一天说话能够大声点儿，再大声一点儿。可慢慢地，我觉得说话小声点儿也挺好。

邻居家的大婶是个很强悍的女人，遇到一点小事就对大叔大声嚷嚷。大叔刚开始会还几句嘴，后来就不出声了。遇到这种女人，他只能躲，而大婶吵完了还露出很得意的样子。一次，我实在看不下去了，走过去对大婶小声地说：“你能不能小声一点儿？别让左邻右舍看你的笑话。”大婶嘴巴一撇说：“你这个小屁孩，连说话都这么小声，哪来的胆子管人家的闲事？去去去！”我又小声地对她说：“你能不能小声一点儿？你以为你的声音大，大叔就怕你了吗？”大婶不高兴了，大声说：“你以为你是谁啊？快给我滚！”我没有滚，我觉得大婶恼了最多打我一顿。我依然小声地对她说：“如果大叔的声音比你还大，对你有用吗？”大婶一下愣住了，脸一红说：“去去去，你这个小屁孩懂啥。”之后，我很少听到大婶对大叔大声吵嚷了。有一次，我听到大婶对我母亲说：“你家娃儿，别看说话细声细气的，但说话、做事镇定，将来是做大事的料。”我听了特别高兴，没想到说话声小，也是很有用处的。

去市场买菜，有一位大哥身材魁梧、嗓门也高，经常喊着：“卖菜，卖菜，新鲜的蔬菜，快来买啊！”可是看热闹的多，买的少。有时候我过去买菜，他把菜递给我会说：“小弟，你能不能大声说话，我听不见。”我笑笑说：“大哥，你能不能小声一点儿呢？我觉得刺耳。”他说：“做生意你不大声点儿，人家觉得你的菜有问题不敢叫呢。大声点儿，人家听着豪爽。”我说：“小声一点儿，起码人家觉得你没有恶意，听着舒服。”大哥说：“你是来和我抬杠的？”我说：“我说话你都听不见，哪敢跟你抬杠呢？”大哥哈哈大笑，说：“还是你行，你是第一个提醒我说话小声一点儿的人。你的好意我领了。”以后，大哥改变了平时大声叫卖的习惯。有时候听着声音还很硬，但比以前小声多了。一次，我去他那儿买菜，他小声对我说："谢谢你啊，我的生意比以前好多了。有时候小声一点儿也挺好的。"

最让我长见识的是参加一次谈判会。甲方一看就知道是个少年得志的年轻人。他一开口便气势如虹、滔滔不绝。乙方是个女孩，她神情淡定，声音不大，却如针尖般锐利，字字击中对方要害；声音不高，却让人感觉犹如小雨，由远及近而来，慢慢渗透下去。会议室里鸦雀无声，个个竖起了耳朵倾听。结果可想而知，年轻人膨胀的信心，竟如皮球被针尖轻轻刺了一下，顿时干瘪下来。

原来，小声说话的力量，竟是一种上乘的柔韧。

甄语录 爱不应该只是浮于表面的行为，它应该是更深层次的为别人考虑。

爱的双行道

□[美]安吉拉·达克沃什　译/刘树英

真正的爱心不是孤立的，其行为本身要严格遵循社会法则。如果带来意想不到的反面结果，就偏离了爱心的本质，只有带来好的结果才是真正的爱心。

在美国黄石公园，游客在禁猎区保护组织的护送下，来到了神秘的海登谷。一只可爱的小麋鹿跑了出来，好奇地探头探脑。游客们看到这可爱的小生灵，顿时骚动起来，纷纷上前拍照，拿出食物和饮水，要喂给它。

突然，一声怒吼响起："别管它！"禁猎区的保护队长冲过来，赶跑了可爱的小麋鹿，不许游客们给它喂食。游客也怒了："你这是干什么？怎能如此粗暴地对待小动物？我们爱护小动物有什么不对？""你们这是在造孽！"保护队长呵斥道，"如果你们对待野生动物太友善，它们就会以为人类都是有爱心的，一旦遭遇盗猎者，就有可能惨遭猎杀。"游客们顿时面露讪讪之色。可见，真正的爱心必须带来好的结果，必须经得起善意事实的逆转。

真正的爱心的前提是行为，而不是主观反映，而且对其爱心的无情呼唤，往往是在最不可能的环境中出现。正如美国心理学家约翰所说："研究人们真正的爱心的对象，不是意识而是行为。"

甄语录 教育的本质就是一朵云推动另一朵云，一棵树撼动另一棵树……

小鼓手

□陈旆玎

“有人还没写好吗？”看时间差不多，我开口询问全班。“我还没写完。”坐在最后一排的孩子大喊。

我立刻走下去看，他不只在写，还把“元素”写成“原数”。比起刚接手这班时，这个孩子完全不听课只是睡觉，现在的他正在认真作答。我决定多给他一点儿时间，于是向全班宣布：“再给你们五分钟。”

印象中上课时间不是睡觉就是玩的这个男孩，在前天理化课下课后跑来问我：“老师，你怎么知道我会打鼓？”当时他额头上还有那节课趴着睡觉留下的红色印记，眼光扫到的我不禁笑出声来：“你睡得那么香，竟然还能听到我说你打鼓很厉害啊？”

这位“小鼓手”没有掩饰自己睡觉的事实，只是追问：“你到底是怎么知道的？”

我回答：“办公室其他老师告诉我的。”“骗人，他们怎么知道？”“就刚好聊到啊。”

打鼓这件事确实是其他老师告诉我的，但过程可不是随便聊聊。那时我刚到这所学校，更是第一次到中学校园教书，对学生连课都不听这件事感到很挫败，只好跑去向他们班的语文老师请教。语文老师说，这班的个性就是这样，连教了20年书的她都没辙，我也别想一下子改变他们，只能各个击破。

我很好奇要怎么“各个击破”，于是提到许多学生，向老师讨教该怎么做，这个睡觉男孩自然也在其中。老师告诉我：“他连语文都听不懂，别说理化啦。”老师顿了一下，接着说，“不过他很会打鼓，你可以试着夸夸他。”

为了把打鼓放到课堂上，顺便不经意夸奖一下这个男孩，我可是费尽心思。而且过去几堂课已经提过好多次了，只是他睡得实在太香甜，根本没听到……

“有天听到老师说（6）班有个很会打鼓的同学，我一问之下才知道是你。”为了防止他追问办公室聊天细节，我赶紧转移话题，“你打哪种鼓？”

小鼓手摸摸额头回答：“我会打三种鼓，今天还带了木箱鼓。”我立刻请他表演。

只见他不扭捏也不谦让，马上把木箱鼓拿出来，坐定后打起轻快的节奏——一个人用鼓却奏出整个乐团的青春洋溢。因为太好听了，我吵着让小鼓手教我，学了一会儿，别说节奏跟不上，就算慢慢来，音色也没他打的好听。我灵机一动：“既然你这么喜欢打鼓，干脆下次上课别睡觉，可以拿鼓谱出来看。”他露出不可置信的表情，又摸摸额头，小声回答："我睡觉是因为听不懂啊……"我假装没听到，继续敲敲打打玩木箱鼓，隔了一会儿才说："那就这样说定喽，下次虽然是考试，但你不可以睡觉哦。"

完全没有想到，怎么叫都叫不醒的他，在教我打鼓后的两天，用一张52分的理化考卷回应我当时非常唐突的要求。或许还可以继续逼出他的潜力，于是下课后我送他一本全彩的练习册，作为守信用没睡觉的奖品。

隔周下发期中复习卷，大部分人都写完了，小鼓手还剩下大概四分之一没写。我走到他旁边问："还需要多久？"他反问我："要收了吗？"我还没回答，他就把剩下的空格全都填上C。我吓了一跳，如果现在因为时间不够让他猜，不就永远跳不出之前的作答模式？

"还不收呢，慢慢看过题再写。"听我这么说，班上同学极为困惑："还不收吗？我们都写完了啊。"我让写完的人先把考卷交给我，安静自习。

等到下课时间过了一半，我才收到最后那张小鼓手的考卷。我旋即像小孩要拆圣诞礼物一般，飞奔回办公室，拿出答案，想知道这个号称连语文课也听不懂的小鼓手，现在到底进步到什么程度了。

第一面对完，20道题对了大概11道题，依照目前比例接近及格，还没来得及对第二面，上课钟声又响起——考卷未改完，但这样就够了。

甄语录 与人相处的三种境界：向上社交、向下兼容、向内安放。

二维平面

□吴 垠

最近我们公司搬家。我那间小办公室，本来清清朗朗的一间屋子，没觉得有多少东西。

等把东西从书架上、桌子上取下来，往地上一摊，我被狠狠地吓了一跳，怎么会有这么多东西？

那一刻，我突然意识到，人对维度变化的感知能力很差。

你看，东西平常是被整理在架子上、桌子上，是以三维方式存在的，是向上空发展的。一旦摊到地上，就变成了二维的、平面的。你马上就会觉得东西多出很多倍。

城市交通也是：平常人待在楼里，三维存在。但是每到上下班高峰期，大家堵在路上，整个城市就变成二维的、平面的，我们立即觉得城市太不可爱了。

就在看到我办公室一团乱的那一刻，我突然明白了，一个人的努力方向其实就是这两个：第一，向上发展，让自己变得更好。第二，向下兼容，也就是可以认知到，并且容忍变得更糟的情况。

甄语录 语言表达能力的提高并非一朝之功，它靠的是长年累月的积累和坚韧不拔的训练。

打造人见人爱的高“言值”

□XLU

提高表达力不是一朝一夕的事情，因为沟通虽然看似是“话从口出”，但涉及词汇、思维、逻辑等多方面的能力。锻炼逻辑思维是根基，掌握沟通模型是技巧，而多练习才是成为沟通高手的不二法门。

金字塔原理锻炼思维

金字塔原理是著名咨询公司麦肯锡的一个基础原则。用一句话说，就是任何事情都可以归纳出一个中心论点，而此中心论点可由三至七个论据支撑，这些一级论据本身也可以是论点，被二级的三至七个论据支撑，如此延伸，状如金字塔。这就要求一个人在说话时，先概括出自己想要表达的中心思想，结论先行，论据跟在后面作为支撑。

麦肯锡有一个著名的电梯理论，要求每一个业务人员，都必须有在乘电梯的30秒内向客户介绍方案的能力。我们平时说话，一般喜欢先铺陈细节，最后再做总结，但在职场沟通中，更需要直指要害，说话者需要帮听众总结信息，而不是让他们猜你要表达什么。如果一件事的来龙去脉过于复杂，你的听众听到第三点就已经烦了，无法耐心听到结束。这时候，不如直接告诉他们你的答案。

用事实陈述代替情感宣泄

人们说话时，容易将表述事实和表达感情混淆。比如下面的两个例子：“你这个项目的完成时间，比组里其他人慢了两天。”这是事实陈述。“你完成这个项目，为什么这么慢？”这是情感宣泄。

事实陈述不带感情色彩，听起来更加公正客观；而表达情感则很容易让听者产生被埋怨的感觉。搞清楚这两者的区别，尽量用事实代替感受，在表达一件事情时，多列举数据、事实，这样对方会更容易接受。如果你的沟通对象交出来的成果没有达到预期，更为得体的表达应该是“这项成果和预期有差距”，而不是“我太失望了，这个结果怎么这么差劲”。

巧用“三明治法则”指出对方不足

当你想批评别人、指出对方的谬误时，最好不要直接说出来。这样不会显得你做人直率，只会显得情商低。

有一种心理学效应叫作“峰终定律”。这个定律是说当人们评价一个人的表现时，往往会非常关注和重视其高峰状态和结尾状态，而对其余的过程不会给予太多关注。所以，当你想指出一个人的不足时，可以采用“三明治法则”，即先赞扬、中间夹杂批评、最后再表扬的沟通方式。“三明治法则”的核心，就是把批评包裹在两次赞扬之间，好像三明治的两片吐司中间夹着肉和菜一样。这种方式对听者而言，既不会感受到强烈的攻击性，也能清楚了解你在其中指出的不足部分，一举两得。

熟能生巧，有意识地多练习表达

Facebook创始人扎克伯格曾公布自己除工作之外的必做事项，其中除了两周读一本书、学习中文等，还有一项是每周认识一个Facebook以外的人。

对不善言辞的朋友来说，这无疑是个很好的建议。仿照扎克伯格的方式，你可以找陌生人刻意练习沟通技巧，这样当你真正需要表达的时候，才可以施展才能。比如，利用午休时间约一个之前不熟的同事共进午餐。你们可以就工作内容、遇到的困难、对手头项目的想法、未来合作的可能性等，进行简单的沟通，在“实战”中练习全方位的沟通技能。鉴于这是一个非正式场合，即使表达有些瑕疵，也无伤大雅。

同样地，公司的大小会议、提案述职、接待客户等，都是练习表达沟通能力的好机会。积极举手参与会议的提问环节，自告奋勇担当方案的提案人员，把每一次向领导述职当作一次正式的演讲……看似无用的时机，其实都能变成锻炼沟通技巧的场合。当你度过这些阶段，有一天你会发现表达能力突然提升了，和人沟通也变得游刃有余。

甄语录 人生之路，行稳方能致远。

大人小心

□高自发

“何谓大人？曰：小心。”《格言联璧》里这一问一答，颇值得玩味。

“大人”指品德高尚之人。“小心”则为谨慎。“大人小心”的意思是，越是品德高尚的人，越小心谨慎。生活中常见此类人，他们给人的感觉往往很谦和，从不大言炎炎，不会把话说得太满，可以做了不说，但绝不会说了不做。

“大人”之所以“小心”，应是出自敬畏，而非怯懦。一个人有敬畏，为人处世才会遵守规范，才不会胆大妄为、胡作非为。与“大人小心”相对的应该是“小人张狂”。

有“小心”这块道德的压舱石，人生方驶得万年船。一个人若能时时小心，事事小心，不忘初心，也就近乎“大人”了。

甄语录 完全专注，完全沉浸，完全释放自我……是一种艺术，也是一种生活态度。

拿什么拯救“现代式社恐自闭”

□周　晓

本着“这门课看起来学分特别好拿”的原则，我笃定地按下了选修戏剧课的确认键。迈着轻快的步伐，我来到了表演厅。看到老师正积极地张罗着大伙来到开阔的活动室围成圈时，我忽然意识到这课堂内容似乎与课题名称“世界经典戏剧观摩”不太相符——它要求我们参与其中。

在大脑识别到这一重要信息后，我的身体做出了反应。是的，上了一年大学，习惯了在熙熙攘攘的大课室里，做一名安静的观众看着台上的老师表演，我根本不习惯成为一名参与者。我开始本能地拒绝——手心冒汗，心跳加速，呼吸急促。

“来，大家拉起手围成一个圈吧。”“男生女生交叉站啊，别分成男半球和女半球啦。”老师轻松地布置了一项项任务，对幼儿园的小朋友来说都很容易。但是，作为大学生，完成这几个动作是多么困难啊！我感到自己是一个常年躲在黑暗里窥探光明世界的人，忽然被别人推了一把，赤裸裸地暴露在世人面前。

所有人都开始犹豫不决。

围成圈？为什么没人带头？那我要不要移动？会不会很突兀？人群开始像一堆蠕虫一样蠕动，扭扭捏捏，圈终于围好了。牵手？上了高中之后，我还与何人有过任何“肌肤之亲”吗？我上一次拥抱母亲是什么时候？我上一次挽着父亲的手臂是多久前？我跟陌生人握过手吗？现在要我和身旁素不相识的异性牵手？

“不！”我在心里呐喊，仿佛一位自闭症小孩。理智让我的大脑发送信号给感受器，我最终缓缓地抬起了手。旁边充满朝气的男生对我笑了笑，一把握住了我的手。刹那间，有一道电流通过我的全身。此时的我，却像是一只奓了毛的猫咪，莫名就被安抚了，渐渐变得温顺。

嗯，我的心开始不那么慌了。好像做出点改变，和世界进行接触，也没那么难了！

下一秒，我被打脸了。非常难！因为接下来老师说：“接下来3小时里，手机要锁在小黑屋里。”自从上了大学，除了洗澡睡觉，几乎手机不离手，现代人不都这样的吗？我从心底认定自己不可能离开手机3小时的。我心里发毛，忽然意识到这跟瘾君子好像没有什么区别。

在接下来的3小时里，我的精神达到了前所未有的高度集中。到底集中到了什么程度？高考的时候，最紧张的理综考试上，我也不能说是所有时间都精神集中。然而，在这3个小时里，谁说过什么话，脸上的表情，肢体的动作，我是一点儿也没落下，尽收眼底。为什么会这样？因为老师说：“玩几个热身的小游戏，谁出错了，反应慢了，就学狗撒尿。”好一个狗撒尿，我一个女孩子形象何存？好一个热身游戏，玩完以后冒了一身冷汗。

3小时结束，我还沉浸在课堂中缓不过神来。我惊讶于自己的接受能力，3小时内我从害怕交流，害怕接触，害怕陌生环境，害怕犯错，迅速成长为可以随意交流，自然接触，肆意在地上打滚加模仿狗撒尿……忽然间意识到，这应该就是大家常说的戏剧的魅力吧！完全专注，完全沉浸，完全释放自我……是一种艺术，也是一种生活态度。

我，一个“现代式社恐自闭”人，在一节戏剧课上痊愈了。

甄语录 成长，就是我们不知不觉变厉害的过程。

你在悄悄变厉害，自己却不知道

□连　岳

年轻时，一位老师对我讲的水电站理论，一直对我影响很大。

他说，人就像水电站一样，开始蓄水时，你觉得没什么作用，到了一定水量，突然你就可以发电，输出能量了。到那么厉害时，你并不会更累，水流量也还是那么大。一切力量都是积累出来的。比如同样是4%的股票收益率，1万元一年挣400元，也就吃顿大排档，无足轻重。可是积累到了1000万元，4%就是40万元，足可支撑小康之家。知识、才能、影响力，道理也类似。

人最难学的就是积累。积累总是枯燥的、无聊的、乏力的，一天能增加多少知识、力量与财富？近似于无。半年、一年，毫无动静；两年、三年，似有起色，但也拿不出手；五年、八年，你的坚持变成习惯，你有点害怕去想自己努力的成果，甚至接受了没有成果的结局，反正尽力了。

再说，你也享受积累这个过程，像和尚享受每天敲钟，即使没人听，钟声回荡在丛林里，也是美的。就在这个时候，美妙的事情发生了，你亮了起来，你发电了，水不知不觉已经蓄满。

成长，就是这样不知不觉变厉害的过程，就是耐心到没什么事可以折磨你，耐心到你忘了世上还有不耐心这回事。

甄语录 总要在社会上受过挫折、打磨，挨过内心、身体的煎熬，才变成如今的你。

在厨房里慢慢成长

□谁最中国

二十岁以前，我几乎不会做菜。真的两脚迈进厨房，是大学毕业后开始工作，自己在外租房子。起初因为实习工资实在微薄，为了省钱于是做饭带饭。

直到现在，有时站在炒锅前，静静等待油锅慢慢热起来、热气往上冒时，总还是忍不住想到当年，自己总是很心急地把菜一股脑地倒进刚热一点儿的油锅，然后快速翻炒，总觉得一停下来锅就会着、菜也会焦。

然而，很久之后才知道，油热到足够菜才会香；翻炒也不必太着急，菜和油可以多相处一会儿……

就这样，一点点发现，做菜与人生、与成长，其实有很多共通之处。

一道菜从生到熟，最初的食材需要经过水洗、手揉、刀切、油煎，才能最终成为一道菜，而这不也正是我们自己吗？总要在社会上受过挫折、打磨，挨过内心、身体的煎熬，才变成如今的你。

有一次自己在家做炖肉，肉已经提前用黄酒腌过，但下锅后仍有很重的腥味。正好手边有刚切好的番茄，便随意丢了几块进去，结果腥味就去了大半。

做菜做久了，似乎就会自然而然对食材之间的平衡产生直觉，而不一定需要硬生生的食谱或方程式。庄祖宜的《厨房里的人类学家》也曾写道：“锅里不断地发生化学变化，掌厨的人就算不懂中间的原理，也能以鼻目口舌分辨出来。”

水上勉写到慈姑时，提到慈姑本身有苦味，但表皮发甜。现代人总是拿到食材就先习惯性削掉带一丢丢泥土的皮，他写，这样的做法“让食物难过”。

我有一次在家蒸南瓜，也是“大刀阔斧”地切掉厚厚一层南瓜皮，家里的老人见了就教育我：南瓜皮洗干净就好，靠近皮的部分最粉、最好吃。

是的，食材本身也有平衡。

做菜这件事，之所以让人感觉到幸福、温暖，大约还在于其中的情感流动。比如腌冬瓜，是我从小以来的记忆。前两年我向奶奶讨来方子，学做了几次。从腌制的过程，到最后入口那熟悉的味道，就是有一种道不明的魔力，同时牵扯着味觉神经和记忆的锁链。大约只有亲手下厨做，这种情感的牵扯才会如此动人。

没有人天生会做菜。先人在饥饿中摸索什么可吃、如何吃，而现代人则是在人与人之间的交流里，或凭着记忆中的某种味道，或与情感纠缠在一起的某道食物，练就出每个人独有的品位与厨艺。

《海鸥食堂》里，在赫尔辛基开着一家日式餐厅的幸惠，碰到因不同原因来到芬兰的绿与正子，三个女人在遥远的北欧城市，一起做饭团、烤肉桂卷、冲咖啡……于是又引来更多因为不同理由走进这家餐厅的人，一个个故事便由此展开。

而那几年，厨艺、友谊、个人成长，这些也都糅杂在日常几个人一起买菜、做饭、吃饭、生活当中，慢慢结出果实。

我想，人的一生总会同一些人一起吃饭、一起做菜。而那些流动在厨房里的对谈，“煮饺子要不要盖盖子”“冲咖啡要不要念咒语”，以及暗涌在这些对话当中的情感，也终将慢慢汇入记忆的长河，在人的余生中细细流淌，宁静而缓慢。

甄语录 缺乏团队精神，临阵脱逃，是严重的职场“自杀”式行为。

谁撒手，惩罚谁

□羊　白

在铸造车间，有一个特殊的工种叫浇铸工。浇铸工要时时穿上厚重的工作服，戴上安全帽和手套。即便是酷热的夏天，也必须把自己包裹起来，因为熔化的铁水通常在1300℃以上，这么高的温度，稍有不慎，就会酿成惨剧。

浇铸工的工作，就是把熔炼好的铁水盛到铁包里，然后由两人抬着，浇注到砂型工提前造好的型腔里。铁包一般有水桶大小，上面有两根钢筋，就像是担架。两个工人，一前一后，用四只手抬着控制，需要默契配合，速度和方位都必须一致。一旦抬起来，再热再累，也必须坚持住。实在忍不住，也得给工友一个信号，待确定后，同时平稳放下。

有一次，两个实习生抬铁水。刚抬着走了几步，其中一个忍受不了，居然撒手拔腿就跑！结果铁水倾泻而出，导致了烧伤事故。

那么，两人谁的烧伤更严重呢？令人没想到的是，是撒手的那个人！他先撒手，铁水必然是向他倾斜的。

后来，“谁撒手，惩罚谁”，成了每个浇铸工牢记的铁训。

甄语录 懂规矩的人，知道感恩的人，往往更容易遇到贵人！

进食顺序

□金惟纯

有朋友来家做客，开始用餐时就要先夹菜给我女儿，女儿说，要爸爸先用她才能用。朋友很惊讶，我说这是家风，他说已经很久没见到有人这样教小孩了，这回轮到我惊讶。

记得我看到动物学家在介绍动物社群关系时，尤其是权力结构时，有一个相当重要的名词，叫作“进食顺序”。意思很简单，吃东西的时候，谁先进用，谁就是老大。这件事情重大，弄错是会闯大祸的。我对“进食顺序”的学习，来自母亲的家教。自我有记忆起，用餐时，长辈不坐下，我不能坐；长辈不拿筷子，我不能拿；每一盘菜，长辈没夹过，我不能伸手。

有关家教，这只是冰山一角，其他还有：伴行时要走在长辈左边、慢半步的位置；入座时，要等长辈就座才能坐，长辈起身要立即跟着站起；有长辈从屋外进来，坐在屋内的要立即起身……这些全是母亲教的。

我母亲出身乡下，没读过书，不认识字，我想她教我的，一定也是她小时候在家里学的。可见当时的社会，无论城市、乡野，无论受什么程度的教育，这是做人最起码的规矩。

回想起来，母亲教的“伦理”对我的一生还真是受用。家教自小“内化”在我的行为中，使我的个性显得比较内敛。这也致使我在一些“恃才傲物”的优秀青年中显得比较有礼数，颇得长辈喜爱。于是，自读书时代到进机构任职的历程中，我从来都不缺“长辈贵人”。

我常听朋友说：“我们这一代，是孝顺父母的最后一代，也是孝顺子女的第一代。”我却认为，即使自己不需要，也要设法让孩子孝顺父母，因为这是孩子的需要，否则他长大既不知感恩，又不懂规矩，一生都遇不到贵人，注定会辛苦。若是嫌教孝顺太沉重，就先从进食顺序开始吧。

甄语录 "我们共同的方式"不是妥协，而是协同。

第三选择

□郑晶心

美国管理学大师史蒂芬·柯维提出的"第三选择"观点，或许可以给心灵松绑提供一点儿思路和启发。

日常生活中，我们习惯用一种非黑即白、非此即彼的固定眼光去评判世界、处理问题，总是陷入"两种选择"的思维中：要么工作，要么玩；要么考进名校，要么没出息；要么瘦，要么"死"；要么"内卷"，要么"躺平"……柯维认为，这是工业时代的思维定式，已经不适用于新的时代。

"两种选择"是一种二分法，"第一选择"是按照"我的方式"去进行，"第二选择"是按照"你的方式"去进行。冲突点往往在于，到底是"我的方式"好，还是"你的方式"好。不论选择哪一方，都会有人觉得受伤、委屈或牺牲。

柯维说，每件事都存在"第三选择"，每个人都有"第三选择"的能力。我们所要做的就是必须彻底改变思路——第三选择不是"听你的"或者"听我的"，而是超越"你的方式"或者"我的方式"，设法找到新的方法——"我们共同的方式"。

戴维是史蒂芬·柯维的儿子，从小父亲就教导他寻找"第三选择"，他觉得"第三选择"是他从父亲那里学到的最重要的东西。进大学的时候，戴维想选班，但是老师告诉他："抱歉，我们招满了，不能招你了。"他问父亲怎么办，父亲说："不要放弃，想想'第三选择'。如果他们说没有位子了，你就告诉他们，你会自带凳子或者站着听课；告诉他们，你知道会有人中途辍学，而你比辍学的人坚定，并且你会兑现承诺。"最终，戴维和学校双方既没有只听"戴维的"，也没有只听"学校的"，他们找到了彼此之间"共同的方式"，戴维成功进了想进的班。

柯维特别指出，"我们共同的方式"不是妥协，而是协同。协同超越了矛盾和冲突，诞生了一种新思维，达到了一种新境界。

甄语录 坐吃山空、等着别人救济，两者都是人生最大的悲哀。

最低的能力

□星云大师

世上的人，学问有大小，能力也有大小。有学问的人，著书立说，从事教育；有能力的人，管理大企业，呼风唤雨：运气好的人，也能水涨船高，靠着别人的因缘，出人头地。但是有一些人，实在没有那么大的学问，也没有那么大的能力，是不是注定就一事无成呢？其实不然，只要有心，具备一些最低的生活能力，也能生存。

我们应该自问：你能烹煮三餐吗？吃是人生大事。每个人、每个家庭、每个公司，都少不得吃。纵使你什么能力都没有，煮三餐的能力也不能没有。

你能认真负责吗？在工地为人看守物品，在大楼做守卫、管理员，只要认真负责，讨得别人的尊敬、欢喜，也是生活能力的表现。

你肯做临时工吗？一般的临时工就是指苦力。基本上人都有吃苦的能力，所以肯把吃苦的能力使用出来，也会有工作。所谓临时工，帮人家做挑夫，帮人家推车，帮人家打扫，帮人家做杂务，既不需要什么技能，却也是生存的本钱，也是最低的生活能力。

你愿意捡破烂吗？我们看到现在的社会，有一些捡破烂的人也能致富。例如台湾彰化福山寺，就是靠着一群义工从事资源回收，经过十几年的时间，终于建成了一座福山寺。一个人假如能做到“你丢我捡”，让废物再利用，不但生活无忧，也是为社会环保做贡献。

你会耕种田园吗？住家的门前屋后，有时候一小块荒废的土地，只要着手整理，加以开垦种植，或是种些花卉，或是种些蔬菜。不但美化环境，也能增加收入，对生活也有帮助。

人说双手万能，人的口说、手做、脚行都是本能。假如没有口才，也没有快腿，运用万能的双手，可以帮人家做手工。凡编织、雕塑、组装零件等，都是表现自己的能力。不要靠别人来养活，人只要有志，不但能养活自己，还有能力养活别人，那就是再好不过的事了。

最低的生活能力是每一个人都应该具备的，假如上述最低的生活能力都没有，坐吃山空，只等着别人救济，那才是人生最大的悲哀。

甄语录 每天做一点儿确定的小事，坚持下去，你就会成为做大事的人！

日成一事

□王开林

一位熟识的读者告诉我：几年前，他在精神方面出现了危机的前兆——空虚和迷茫，于是他开始主动应对。阅读了一些书后悟到：大家人云亦云，反复强调“有志者事竟成”，那个“事”通常都指大事，然而天下大事太少，小事如麻。倘若我们一味地只想做大事，别说良机有限、贵人难遇，就老实地掂量掂量自己的才智吧，也未必够用。悟到这一层，他当机立断，确定了一条崭新的座右铭——“日成一事”。这个“事”只限于小事和微事，但必须做得有条不紊，有始有终。

现代人就像是被狠劲鞭打的骏马，为生活，为事业，疲于奔命。在快节奏下，读书，你很难精读；想事，你很难细想；交友，你很难深交。每天，你会在一大堆事务中穿梭忙碌，但静下心来，回过神来，又有几件事真正做成了、做好了？

日成一事，就是要尽可能地把小事做好，把细节顾全，不慌不忙，不急不躁。读一本书，就把这本书读明白，不“杀书头”（国学家黄侃的说法，只读个开头，就将书撂下抛弃）。写一封信，就把这封信写周详，慎勿差池。见一个人，就把这个人看清楚，莫留疑惑。植一棵树就把这棵树植成活，勿使枯萎。

曾国藩有一副名联，可谓快人“慢语”：“好人半自苦中来，莫贪便宜；世事皆因忙里错，且更从容。”我说曾国藩是“快人”，其意并不难解，他是近代公认的立德、立功、立言的头号典型人物，大家都认定他是快刀斩乱麻的顶尖高手，殊不知，他经常劝人要慢工出细活，天下事非从容而莫办。无独有偶，民国元勋黄兴也是“快人”，半生戎马倥偬，但他好整以暇，最爱对人说的四个字是“慢慢细细”（长沙方言，意为做事不求快而求精）。大德高人，我们学不来，但其言之要义值得留心，无论做大事还是做小事，单纯地追求快速都不行，“急就章”靠谱的总是太少，精心之作则须仔细打磨。

也许有人会犯嘀咕：日成一事，这是否要求太高而又逼迫太紧？首先，日成一事，是专指小事；其次，日成一事，是专重细节；再次，日成一事，是要快人减速；最后，日成一事，是要懒人提劲。虽是小事和细节，你若日日慎意而为，精心而为，你将具备过人之处，因为任何成功都源于良好的习惯和持之以恒的积累。

甄语录 少年有梦，不应止于心动，更要付诸行动！

女侠梦

□范利娟

不知是该怪《少林寺》《霍元甲》，还是该怪金庸、梁羽生，我在青少年时期染上了狂热的武侠病。矮小瘦弱的我，也梦想着有朝一日能策马仗剑，当个闯荡江湖的女侠——那该有多威风！

侠客的一身武功不是白来的，需要多年夏练三伏、冬练三九。首先，我进行的是力量练习。我家院子里有个压水井，灶房里有口大水缸，三桶水可以把水缸装满。以前是我和弟弟或妹妹一起抬水，自从我决心当侠客，我就用不上弟弟或妹妹了。我“吭哧吭哧”地压满一桶水，再蹒跚迈步，吃力地拎着水桶向灶房挪动。弟弟妹妹高兴坏了，从此，家里的抬水大事再与他们无关了。

接下来是身体柔韧性练习。我趁着割草的间隙，跑到小树林里，手扶树干，拼命把腰向后、向下弯，还在草地上练习劈叉。功夫不负有心人，几个月过去，我终于能面不改色地连拎三桶水，也能轻松地下腰、劈叉了。

我和青是好朋友。青是家里的独生女，即使做再出格的事儿，也没人敢管她。她家新盖了平房，我们俩在房梁上吊着一个几十斤重的沙袋，上学前、放学后，就一起对着沙袋拳打脚踢。下了晚自习，我们俩跑到麦田里，趁着月色练习武艺。最艰难的事情要数冬日的清晨，从热被窝里爬出来，顶着天上的冷月，我们俩一起跑上几里地，回来时，学校的起床钟还没有敲响，照样赶得上和同学们一起出早操。

时间一长，父亲竟被我感动了。他是个内敛的人，什么话都没说，去开封办事时给我买了好几本拳谱。

有了父亲的支持，我的劲头更足了，经常一个人跑到村外的麦场上习武。夜深人静，天地之间一片漆黑，麦场外是好几户的祖坟，猫头鹰蹲在树上起劲地叫着。这场景虽然瘆人，但既然是侠客，还能心生恐惧吗？我反而练得越发起劲了。

练拳习武，很少有人能无师自通，我一直盼着有一天能拜个名师。心诚则灵，一日，校长忽然决定要带我们班去少林寺春游。少林寺可是习武者心中的圣地啊，我激动得接连几天没睡好觉。没想到，到了那里，我却生出“不过如此”的慨叹。寺外倒有不少武校，但教练只是教学员打拳踢腿，并没有我想象中的飞檐走壁、御风而行。

少林寺之行，终结了我的武侠梦，这是我万万没想到的。更意外的是，我首次参加镇上组织的体育比赛就得了二等奖。这是学校当时的最好成绩，也是那几年我沉迷武侠梦的唯一成果。

甄语录 没有等来的好事，你要去主动寻找。

大家都应该争取主动

□黄点蓝

进攻是最好的防御：主动的人生自带光环！

讲个创业故事，主角是彭林，他毕业后在清华同方工作了20年，历任工程师、部门经理、消费产品事业部总经理等。

离职后，彭林买了一本天使投资人名录，但并没有像多数人一样给投资人发邮件，跟投资人说自己的项目或想法如何牛，而是给排在名录里第一个（按拼音首字母顺序）的蔡文胜发了这样一条短信：“蔡总，我想以20万元的价格和您吃顿午饭。”

蔡文胜从这条剑走偏锋的短信中看到了彭林对成功的渴望和气魄，于是邀请彭林到厦门一起聊一聊。蔡文胜并没有要彭林一分钱，而是像个长辈一样和彭林在厦门一个茶馆里聊了一下午。彭林回到北京后向创新工场提交了“助跑计划”的申请，四个月之后其创立的“杀价帮”拿到了雷军的投资……

主动的本质是挑战，比如年纪小的找长辈做朋友，女生找男生做兄弟，跨行业结交不同志趣的人……

没有等来的好事，好事都是自己求来的、找来的。主动的目的是拥有主动权。

有个富翁朋友，讲起他白手起家的故事时，总结出两条私房“真理”——

第一是大方。赚了100元，他拿出98元来分享给各路贵人，他自己只拿2元；但是，他因此机会就多了起来，不停地赚100元，不停地分到2元……

第二是给客户、竞争者提供多种答案、选项，主动给别人留条后路。他拿口罩来举例说明：有3种款式，进价分别为0.5元、1元、2元。零售价格相应为：2元、6元、15元。

其中，进价0.5元和2元的，是反杀价的工具，是主动为顾客准备的退路。进价0.5元的，只进一点儿货，是虚晃一枪的，其款式特别差，颜色特别土，让人看都不愿意看；进价2元的，款式、颜色和进价1元的，感觉质量都差不多。

这样，顾客基本会避开进价0.5元的和2元的，乖乖地进入了朋友设计的思路里。这就是主动权的设计。

其实，给他人提供选择的权利，是权利之上的权利。

一个水果店老板，生意很好，秘诀只有一个，那就是懂得主动出“选择题”。如果你直接问顾客：“你要买水果吗？”没有选项，很可能顾客会直接回绝：“不要。”

如果你这样问，就更有主动权：“你要香蕉还是苹果？要樱桃还是青枣……”

主动一点儿，人生会更辽阔。

甄语录 在互为尊重和平等的基础上，爱的体验是无比美好的。

留条缝隙 让别人爱你

□远　近

现在很多人其实缺乏一种能力，那就是缺乏真正接纳和走入一段亲密关系的能力。也不知道为什么，好像活着活着，就把自己活成了那个宁愿一遍遍体会孤独也不愿意卸下心防去接纳别人的人。

经常在微博上看到的一类留言是：

一个人生活难道不香吗？

一个人生活多爽啊。我自己什么都会干，要男人做什么？

男人是什么东西啊？能有我爱自己吗？

……

话里话外的意思是，我一个人就能活得很好，我独自美丽和精彩，那么我不需要爱情。

然后，又在某些孤独的时刻里，的确也在渴望一个人的陪伴。又在真的有人到来的时候，拒绝了别人的更近一步。

听起来，这是矛盾的，却扎扎实实存在于现在很多人的身上。

如果没有亲密关系的产生，那么就无法伤害到自己。这是现在很多厌倦亲密关系的人的一种想法。这种想法，类似于一种“风险评估”。我觉得爱情给我带不来什么，我一个人完全可以生活，我又害怕被伤害，我不想遭受分手带来的痛苦。我觉得自己无法承担这些风险。那么我宁愿不要开始。我把自己包裹起来，刀枪不入，百毒不侵。

如此种种想法，我不是不能理解，其实感同身受。我就是一个防备心很重的人，我知道这样的人心里是怎么想的，当然我也明白凡事不可能无因有果。

但在理解的同时，我为此感到一些遗憾。遗憾的地方在于，你不想搞砸自己的人生，所以没有再给自己哪怕一点点的机会。可以这么去想：风险不仅爱情才会有，这世上无论做任何事，都有风险，这不是爱情的专属，而是世界的共性。不能因为惧怕承担风险，就选择不去做，这很显然不是一个理智的做法。更何况，就算你把自己全副武装起来，但夜里的风，依然是凉的。就算你无数次告诉自己没关系我一个人可以，但内心深处渴望爱的呐喊你也不是听不到。

爱是什么呢？最简单的说法是：你喜欢我，我也喜欢你，这就是爱。如此简练的话语却说明了一个非常重要的观点：爱是一种体验。不要给它设下原本没有的前提和陷阱。爱就是一种人生体验，爱不是有人来帮助你，不是有人来使你的人生变得完整，也不会拯救你，它的本质就是非常单纯的一种情感属性。不要搞错前提，不要以为自己什么都可以就不需要爱了，这里面没有因果关系。也不要觉得把自己封闭得死死的，就可以平安无事。能伤你的，从来不是爱。有时其实是自废武功。

很多人都把自己的心封死了，经不得一点儿风吹草动，也激不起一点儿涟漪，稍微有点心动就如临大敌。我觉得这是没必要的。尝试打开一点儿心，尝试去接纳别人，尝试去享受一个拥抱，尝试学会爱一个人，也给别人一个机会，让他来爱你。在互为尊重和平等的基础上，爱的体验是无比美好的。前提是，你愿意让别人走近你和了解你，牵你的手，而你也愿意把心留出一条缝隙，哪怕仅能容纳一人通过。

打开一点儿心吧，哪怕一点点。留条缝隙让别人爱你，给自己和别人一个机会。你其实，原本不必这么辛苦。

甄语录 老师需要传授给学生的，不是“剑招”，而是“剑意”。

所学都忘掉，“剩下的”是关键

□何　帆

《倚天屠龙记》里有一段故事：强敌当前，临阵磨枪，武学大师张三丰要将他新发明的太极剑法教给张无忌。张三丰将剑招慢吞吞地演示了一遍，然后问张无忌能记住多少。

张无忌说，能记住一半。张三丰又演示了一遍，这一次的招式竟然和前一次完全不同。他又问张无忌能记住多少，张无忌说，只能记得三招。到第三遍演示完，张无忌说，已经全忘了。大家都很着急，张三丰却说：“忘得真快——你已经学会了。”

老师需要传授给学生的，不是“剑招”，而是“剑意”。临敌以意驭剑，才能变化无穷。培养这样的洞察力，关键在于寻找事物之间的微妙联系，寻找趋势变化之前的蛛丝马迹。

未来的世界会跟我们现在的世界很不一样，以前有用的东西到了以后很可能就都不能用了。随时保持备战的状态，随时准备从零开始，才能进入修炼洞察力和大局观的境界。我们体内的免疫系统，无时无刻不在准备应对各种可能出现的病菌。无论你是清醒还是酣睡，运动还是静止，它们永不休息。你要培养的洞察力和大局观，也是这样一个深藏不露的系统。

甄语录 他是君子，我也要做君子。

有一种优雅，叫春秋贵族打架

□西　窗

春秋时期的战争是贵族们的事，说是打仗，其实更像比赛，虽然没有裁判，但恪守一定规则，目的就是争霸，和后来战国时期动不动就屠城灭国的战争完全不一样。

打架前先下战书，言辞谦逊恭敬，发帖的使者也会受到敌方的款待，约好时间和地点。

最后两军对垒，阵前喊话：“你摆好没？”“好了。”那开打吧，然后乒乒乓乓、来来回回地打。

泓水之战，楚人正渡河而来，宋人催宋襄公击鼓下令，宋襄公说：“不，这是不仁义的。”

楚军都开始列阵了，但宋军队伍还乱着，众人又催，宋襄公还是沉着地说：“不，这是不仁义的。”

终于等到楚军布好阵了，向宋军杀过来，宋襄公这才开始击鼓迎战，可士气早没了，就输了，宋襄公的大腿也受了伤。

在后人看来，宋襄公很蠢，但作为仁人君子，宋襄公是合格甚至杰出的。因此，齐桓公托孤于他，让他照应太子。

春秋时期打仗前会先来一通行为艺术，叫“致师”，就是派勇士单挑。看似鼓舞士气，其实是耍酷。一辆战车配三个人，小团队要保持优雅的姿态，出入敌阵如同出门做客一般，连马身上的饰物都要打理整齐。打了一半，会派人跑到敌主的车前去敬酒。敌主喝完，命令部下将使者安全送出，继续开打。

鄢陵之战，晋国将领郤至三次冲入楚共王的军队，每次远远看见楚共王的旗帜，就摘下头盔、跳下战车，向前快步行走，以示恭敬。

楚共王对这拉风行为很是奇怪，派人送了一张弓表达谢意。郤至脱下头盔，向使者行礼三次，然后上车继续战斗。打输了，怎么办？那就让他跑，我目送兼助跑，反正要追也只能追50步。

楚庄王围攻宋国达五个月之久，宋国都没有粮食了，宋国执政官华元夜里潜入楚军军营，找到楚军司令子反，真情告白：“我们已没有粮食了，你们呢？”子反毫不隐瞒地说只有七天的余粮了。

华元听后开始讲条件：“我们可以投降，但你们必须退30里。”子反愣了一下，马上明白了：宋国人不是要拼个鱼死网破，而是要投降得有尊严，于是敌人秒变好友，立誓为盟。

楚庄王一脸蒙，子反却说：“他是君子，我也要做君子。”

春秋第一任霸主齐桓公为保护小弟们，真是操碎了心。帮燕国打山戎，还割地给燕国，因为燕庄公送行时越制——跨境送别。按规定诸侯之间相送不能出境，齐桓公割地以示没有出境。

素为蛮夷的楚国开展了大规模的“学礼制”活动，国民素质迅速提高，以至于后来有攻宋而不灭宋、伐郑而不亡郑的仁义之举。楚庄公由此赢得“光荣的霸主”称号，发表的《武有七德》论文得到了孔子的力赞。

为何要分春秋和战国？最大的区别就在于战争的态势。

春秋时期，非天子之命诸侯不得擅自征伐，人们追求和坚持的还是道义、荣誉。

到了战国时期就乱套了，什么都不讲究了，抄后路端老窝、玩阴谋耍阴招……春秋时期谁敢这么玩，就没脸混了。

秦国能够成为战国时期的赢家，是因为破坏了规则，让战争变得更残酷血腥，民众转型为战争机器。列国不比秦国狠辣，所以被灭了。

痞子刘邦战胜了贵族项羽，项羽还被后人当作反面教材，觉得他虚伪。其实，项羽的妇人之仁，缘于贵族作风。还好，李清照理解，因此写下“生当作人杰，死亦为鬼雄”。

甄语录 真正的天赋是有抵达很深地方的可能性，并不那么容易被发掘！

学得快可能并不是天赋

□王　路

把一件事从0分做到60分，需要三天；60分做到70分，需要三个月；70分做到80分，需要三年；80分做到90分，可能需要十年、三十年，或者一辈子，也可能一辈子都做不到。

有些人，他可能一辈子很难达到90分，但他达到80分要比常人容易很多，达到85分也不太难。在这个领域，他本来缺乏天赋，却容易以为自己有天赋。

相反的是，达到90分的难度比很多人小，但一开始太慢，以至于达到70分、80分却比一般人费力。这是本来有天赋的人，容易被当成缺乏天赋。

甄语录 语言之中可以窥见一个人的性格特点。

语言的性格

□冒茜茜

有一个可以自由切换法语和美式英语的人说，她觉得在用英语的时候，无论快乐还是悲伤，明显情绪更容易激烈起来，而且特别容易斗志昂扬、信心十足。但用法语的时候，似乎就会更克制，更容易“丧”，极少在别人面前表现得兴高采烈。当她带着她只会法语的老公第一次去美国的时候，她老公一口咬定她和街边餐馆的服务员是“老朋友”：“不然她怎么可能对你那么热情？”

我不懂法语，所以无从考证，但据看了很多电影的朋友说，同样程度的情绪，在法国电影里确实表现得更不激烈一些。我反驳：那英国也讲英语，怎么英剧里面也四处弥漫着克制内敛的情绪呢？朋友回答：是因为调子不一样。当你用字正腔圆的英式口音，不由自主地就保守起来，好像随时可以表演莎士比亚的大段独白一样。而当你用短平快的美国口音，似乎就置身于自由多元的大都会纽约之中，每个人对自己都特别满意，都确信明天会有更好的事情发生。

不得不承认，这个说法有点道理。比如，大部分中国北方方言，和普通话的主要差别就是在音调上。但即便只加一点儿方言气息到标准普通话里面，也令人觉得性格大不相同。在厦门，中山路上每家小吃店的老板娘，都让我觉得特别婉约。简单一句：“小心烫哦！”只是加了一个本地口音的“哦”字，就生出了很多温柔。而湖南口音，特别是由男性讲起来时，那拖得长长的音调，似乎就含着一种说一不二的干脆与无惧。而至于东北话，由于易于模仿又颇具喜剧效果，则成了全国人民逗乐子的语言。比起“干哈呢”和“咋地啦”，我更中意“哭得嗷嗷的”——特有场面感而且莫名豪放。

只是音调的差异，所代表的情绪氛围都如此不同，不同语言之间的差异只会更大。我们觉得法语暗含暧昧甜蜜，德语铿锵有力，西班牙语热情似火，俄语硬汉味十足，日语柔顺乖巧，并非只是私人感受，而是有学术支持的。按照“沃尔夫假说”，在不同文化下，不同语言的结构、意义和使用等方面的差异，在很大程度上影响了使用者的思维方式。而除此之外，使用母语和第二甚至第三、第四外语也是有区别的。西班牙学者发现：进行逻辑测试时，使用非母语的人比使用母语的人犯的错误要少一些。因为我们在使用第二外语时，大脑需要进入一个更加专注的运行模式以进行语言转换，思考也将更加地刻意和深入，母语则与我们大脑中负责情感的部位关系甚密。

甄语录 勇敢坦承自己不懂，是一种极大的真诚。

承认不懂又如何

□李新勇

面对艺术作品，最高的尊重就是：懂就是懂，不懂无须装懂。不懂不可耻，作品与读者之间，如同佛理、道义与芸芸众生，是有机缘的，是需要“慧根”的。不懂不可耻，可耻的是不懂装懂。

对《尤利西斯》，散文家林非先生曾请教这本书的翻译萧乾先生，萧乾先生毕竟是大家，他毫不讳言：“这本书我也看不懂。”这个回答大大出乎林非先生的预料，萧乾先生学贯中西，既是翻译家，也是著名的学问家，他都不懂，还有几个人能懂呢？林非先生问：“您不懂，怎么翻译呢？”萧乾先生老老实实地回答说，他是按照词语和句子也就是原文翻译的。

很多人都读不懂的书，萧乾翻译了，并不是说萧乾先生的翻译没有意义，反倒很有意义，甚至可以说意义重大。第一，填补了这本书中文译本的空白；第二，中国幅员辽阔，奇人众多，说不定就有人能读懂；第三，如果萧乾先生不翻译出来，我们这些至今读不懂的人，说不定还怀揣着自己能读懂的盲目自信，一厢情愿地以为自己有本事读懂。

没有阅读就没有发言权，只有读过了，我们才能老老实实地承认自己读得懂、读不懂或假装自己读得懂。

在文学作品中，令人读不懂的小说不算太少；在美术作品中，让人看不懂的绘画，多得像无处不在的鲫鱼。林非老先生曾讲，有一次他在美国旧金山参观一家博物馆，里面正展出毕加索的画，讲解员说得头头是道，他却一幅画也看不懂，跟随他一起观展的文艺访问团的人也纷纷表示看不懂。围绕这些画，大家向讲解员提了不少问题。讲解员起先支支吾吾，后来干脆告诉大家，他的讲解词是照讲稿讲的，超纲的问题他也答不出，因为他也看不懂毕加索的这一批画。

毕加索曾经说过一段意味深长的话，他说：“我晚年的作品，是一堆乱七八糟的垃圾，靠着同时代人的低能、虚荣和贪婪，我获取了最大的利益。”

勇敢坦承自己不懂，往小处说，是对艺术的尊重，是对自己和别人的真诚；往大处讲，是在对抗“低能、虚荣和贪婪”。

甄语录 成大事者，需要有勇于承认自己的不足和吸收借鉴他人作品的勇气！

拉斐尔的天赋

□薛 芃

1483年，拉斐尔出生于艺术世家，父亲是乌尔比诺公爵的宫廷画师。他从小就教育拉斐尔："世界上有很多事能让你的名字永垂不朽，文学、诗歌和历史，雕塑和绘画都能真正成就你。"

拉斐尔16岁时进入了画家佩鲁吉诺的工作室。可能是拉斐尔天生拥有好学的基因，还在乌尔比诺时，公爵府的室内绘画就让他意识到"别人作品的好"。他每看一幅作品都能看到优点，觉得每个人都有可学之处。到了佩鲁吉诺的工作室后也是这样，他有着超强的学习能力，可以将其他画家最好的东西都拿来，放在自己的作品中，因此进步很快。

1504年，拉斐尔画过一幅《圣母的婚礼》。从构图程式上看，与老师佩鲁吉诺画的《圣母的婚礼》几乎一样，但在细节刻画、人物动态、人与景的关系等方面的处理上，拉斐尔都高出一截。在那个时代，师承很重要，每一个后来的大师都是在前辈大师的工作室中锤炼出来的。从这幅画开始，佩鲁吉诺深知，属于自己的时代过去了。

离开乌尔比诺和佩鲁贾，拉斐尔的独立艺术生涯正式开始。"佛罗伦萨塑造了我，罗马让我变得崇高"，这是后来拉斐尔对自己一生中两座重要城市的总结。学习并内化，这项特殊的天赋让拉斐尔在很短的时间内就拥有了让人叹为观止的绘画技术。

16世纪的前10年是佛罗伦萨艺术最辉煌的时期。达·芬奇、米开朗琪罗、拉斐尔同时在这里出没。此时达·芬奇地位很高，年轻的拉斐尔对他非常崇拜。受达·芬奇的启发，拉斐尔也随身携带速写本，及时记录下所见所想。

拉斐尔善于社交，开朗善言，深得达·芬奇喜爱。在佛罗伦萨期间，达·芬奇向拉斐尔展示了还未完成的《蒙娜丽莎》，这幅画对肖像处理的新手法为拉斐尔打开了一扇新的大门。另一边，拉斐尔与米开朗琪罗关系不好，后来到了罗马，两人始终是最强的对手。米开朗琪罗在画西斯廷天顶画时，拉斐尔正在不远处画他的"拉斐尔厅"。米开朗琪罗最怕别人从他那儿偷师，因此平日里都用布把画过的地方遮住，并紧锁礼拜堂的房门。但人缘好的拉斐尔还是在好友布拉曼特的帮助下拿到了钥匙，他第一次看到未完成的西斯廷天顶画，瞬间折服。

就这样，拉斐尔看到了当时最好的画家的最好作品，他一步步改进自己的画法，形成自己的风格，成为一个吸纳了众家所长的拉斐尔。

信念 | 种一棵树最好的时间是十年前，
其次是现在！

甄语录 欲壑难填，人生须节制！

短暂的满足要不得

□林清玄

我有一个朋友是非常有名的画家，有一天我去找他，走进他家的花园，看到里面有一只巨大的乌龟，有几百斤重，背上长满了星星，很漂亮。我问乌龟是哪里来的，他说："从巴西带回来的。"

原来，他去巴西开画展时看到这只乌龟很漂亮，想要把它带回家。可是乌龟没法坐飞机，因为太大只能坐船，这需要三个月的时间。他就做了一个柜子把乌龟装进去，然后把货柜装上轮船。他想，这一路上乌龟没吃没喝，也没有阳光，一定会死掉，转念一想：死了就算了，因为我喜欢乌龟的壳而不是它的肉。三个月以后，乌龟运到了，他到港口去接。想象不到的事情发生了，乌龟的头从柜子里伸出来，脸上带着神秘的微笑。

大家不妨注意，凡是面带微笑的动物都活得很久，乌龟、海豚、鲸鱼、大象、白鹤，脸上都带着微笑；凡是脸上很凶恶的，大概活的时间都不会很长，狮子、老虎、豹子、豺狼表情都很难看。

我问乌龟好不好养，他说："很好养！每天早上吃两根香蕉，晚上吃两根香蕉就够了。"那天忘了带相机，我就跟朋友说好两个星期以后来跟乌龟合影。

两个星期后我去找他，发现乌龟在他的书桌上只剩下一个壳。三个月不吃不喝都活着的乌龟，为什么两个多礼拜就死掉了？原来，朋友要去高雄开画展，想到这只乌龟没有人养，就买了两串香蕉，把乌龟叫过来说："你每天早上吃两根，下午吃两根，知道吗？"乌龟点头，脸上还带着神秘的微笑。他确定乌龟听懂了，就去开画展了。等他回来以后，乌龟死掉了，香蕉也不见了，找兽医来解剖，发现乌龟满肚子香蕉。原来让它两个星期吃掉的香蕉，它一天竟全部吃光了。

人如果不节制，也跟这只乌龟一样。欲望的满足是非常短暂的，而且是永远不能满足的。为了这么短暂的满足而花太多的时间跟精力，实在不值得。

甄语录 当别人比你优秀时，请不要被嫉妒的情绪冲昏头脑。

要学会忍住心中的痒

□郝金红

英国诗人王尔德的朋友汉斯新开了一家鞋店，但生意很不景气。

在汉斯看来，他的生意是被隔壁那家鞋店抢走了。汉斯嫉妒之余非常恼火，仇恨的种子便在心里生根发芽。

一天傍晚，汉斯关了店门，来找王尔德聊天。说着说着，汉斯就说到了自己的现状，他咬牙切齿地说："总有一天，我会让隔壁鞋店关门的。"

王尔德没有马上劝慰自己的朋友，而是提议道："走，我们去泡个澡，也许你会轻松点。"两人来到澡堂，这时汉斯看见王尔德满身都是指甲大小的疤痕，就问："老兄，你没有上过战场，哪儿来的这么多疤痕？"王尔德说："是我自己抓的。"汉斯吃惊地张大了嘴巴："怎么可能？"王尔德说："那一年，我全身长满了疮，奇痒难耐，虽然医生告诫我不要用手去抓，但我还是忍不住，于是，留下这身疤痕。"

"你当时完全可以忍住呀，那样就不至于留下疤痕了。"汉斯笑着对王尔德说。王尔德点点头："你说得对。可我当时根本就没想到这些，原来我一直以为，只有病痛和伤害才会留下疤痕，没想到痒也会，有时留下的是更大、更深的疤痕。"接着，王尔德补充了一句，"痒，不只是在外表，有时还在我们看不见的内心。一个人，如果看见别人比自己好，就心痒，产生嫉妒和仇恨心理，最后会把自己的心抓得血肉模糊，受伤害的只能是自己。"

王尔德的话，让汉斯有所顿悟："老兄，今天澡堂里的水和你的一番话，洗去了我的心头之痒，我知道该怎么做了。"

人际交往中，当别人比你优秀时，要忍住心中的"痒"，不嫉妒，不仇恨，这样才不至于留下心灵的疤痕。

甄语录 世间没有绝境，可能下一秒就是峰回路转，柳暗花明！

齐白石的“多此一笔”

□姚秦川

京剧大师梅兰芳过30岁生日时，齐白石和凌文渊、陈师曾、姚茫父、王梦白等几位画家一起去梅兰芳家中庆祝，这几人都是梅兰芳在学习绘画时拜的老师。陈师曾建议，干脆大伙共同合作一幅画，送给弟子梅兰芳作为生日礼物。这一提议当即得到其他几位的赞同。

很快，大画家凌文渊第一个拿起画笔，他略一思索，便在画纸上画了一株枇杷，一下子占去了整个画纸2/3的篇幅。第二位动笔的是姚茫父，他娴熟地在枇杷的旁边画上了蔷薇和樱桃，整个画面一下子生机盎然起来。轮到陈师曾时，他不紧不慢地在画幅的最下面画了一排竹子和一块山石。如此一来，整幅画纸基本已被画得满满当当。倒数第二个动笔的是王梦白，由于画面上的空白之处实在有限，他就顺势在那块山石上画了一只八哥。众人看后，全都会意地笑了起来。

最后轮到齐白石动笔时，画作已经基本完成，似乎没有可添补的地方了。此时，大家都将目光投向齐白石，看看他还能再画些什么。齐白石仔细地端详着这幅画作，略微思忖后，谦虚地对大家说：“此画作已经非常完美了，我就随意地‘多此一笔’吧。”

说完，齐白石拿起画笔，在那只张开嘴的八哥旁边画了一只小蜜蜂。很显然，这只蜜蜂是八哥觅食攫捕的对象，它的存在一下子使整幅画变得栩栩如生。关键是，由于多了一只展翅飞翔的小蜜蜂，这幅画的整个布局、意境都有了很大的改变，看上去格外传神生动，算得上画龙点睛之笔，众人看后齐声喝彩。

甄语录 这山望着那山高，其实那山也没柴烧！

围城的斜杠

□蓬　山

《西游记》第九十六回《寇员外喜待高僧，唐长老不贪富贵》，师徒四人来到了铜台府地灵县，遇到礼佛的寇员外盛情款待。李卓吾的点评十分精彩："东人要修西方，西人要修东土，总是在境厌境，去境羡境。如今，在家人偶到僧房道舍便生羡慕，殊不知僧道也羡慕在家人也。倘令之易地，亦必相羡相厌，亦复如是也。"

这一段，像极了杨绛写在《围城》扉页的那句名言："围在城里的人想逃出来，城外的人想冲进去，对婚姻也罢，职业也罢，人生的愿望大都如此。"钱钟书一九八一年为《围城》重印写了一篇前记："事情没有做成的人，老有这类根据不充分的信念：我们对采摘不到的葡萄，不但想象它酸，也很可能想象它是分外的甜。"

其实，大多数时候，我们都是后者，想象那未摘到的葡萄分外的甜，并为此懊悔、焦虑、遗憾。等摘到葡萄，往往又觉得不过如此。大学时有个新闻系的同学，看多了《壹号皇庭》，对律师职业突然兴趣大增，寻死觅活地申请转系。等真的改学法律不久，便大倒苦水，觉得太枯燥。老百姓没有文采，用一句"这山望着那山高"来形容，微言大义。

其实，城里城外，西方东土，酸葡萄甜葡萄，本不是非黑即白的游戏。比如，城里有茶馆、酒肆等繁华去处，有时也难免拥挤吵闹；城外杨柳青青，春风十里，却又不免衣食不便。然而人就是容易走极端的路，当觉得那边十全十美时，这边在心里就糟糕得一无是处。这就是李卓吾说的"相羡相厌"。

现在是一个流行跨界"斜杠"的时代，很多界限越来越模糊。贪婪、欲望与进取心之间，也不是那么分明。其实，对待工作、生活，都不妨难得糊涂一把，将围城的城墙当成一条斜杠好了。

甄语录 人生是一场马拉松，所有的成败都只是一时的。

挫败不是结局，是下一程的起点

□韩云鹏

小时候的我，很怕考试。

考试本身倒没什么可怕的，无非是几张纸，上面印着几道题，写写算算就结束了。可这几张纸上承载的东西，重得让人喘不过气来。考得好，自然好；考得不好，则意味着失败。而“失败”这两个字，像黑洞，像深渊，里面塞满了“你不好”“你不行”的负面评价。

一想起这些，我的心理防线就会全面崩溃，最终发展为生理表现，导致我每次临考时，都要去医院输液。

父母心疼，不止一次开导我：“放宽心，这次考不好，还有下次嘛。”他们不开导还好，一开导，我就想到如此折磨人的事居然“还有下次”，就更加痛不欲生。

是的，那时的我，最盼望的事，便是有一次“终极大考”，考完这次，以后再也不用考试。最好还能把优异的成绩印在脑门上，后面加一段评语：该生经“终极大考”鉴定，很聪明、很棒、很优秀，而且会一直这么优秀下去，今后谁也不要再考他！

然而一切都是幻想，幻想过后，我又进医院了。

那天输液时，旁边的病床上躺着一个妈妈，她的丈夫跟不满两岁的孩子陪在她身边。看样子小孩还没学会走路，走两步摔一跤，在妈妈的鼓励下爬了起来，再走再摔。看他摔倒后也不哭闹，只是将寻求指导的目光投向身边的人，呆呆的样子很可爱，我和母亲都笑了。

母亲对我说：“你小时候也是这样学走路的，磕磕绊绊，但从没哭过。因为在孩子的眼里，没有成败的概念。无非是这次没走好，站起来再试试其他的走法罢了。”

我若有所思。母亲转而问道：“我们来猜猜，如果这个孩子某一次走得不错，便像你希望的那样，得到一个终极评价——这个小孩走得很棒，以后不用再走了。那后来将会怎样？”

我脱口而出：“那他可能一辈子都学不会走路。”母亲接下来说了一番让我受用一生的话：“人从出生长大，其实会遇到无数次考试。然而考试并不是对过去的评定，而是对未来的指导。这次筷子没用对，下次你就知道不能这样用筷子了。这次在这里摔了跤，下次路过时，你就会告诉自己小心点或

绕开它去走另一条路。人都是这么一点一点成长起来的。但如果你拒绝失败，你也就拒绝了环境给你的反馈。没有反馈的人生，终将一事无成。”

后来，我在一次次的失败中学习，在一次次的反馈中矫正，历经无数次考试，读了大学，念了研究生，才知道母亲所讲的正是“成长型思维”。

所谓成长型思维，就是把自己看作一条流动的河流，相信人的能力绝非一成不变的，而是不断提高的。提高能力的方式，正是通过不断经历检测，查找可提高的点，接受环境给你的一次次反馈，奔流向前。

拥有成长型思维的人，更在意的是反馈，对外界的议论和评价并不挂怀，因为议论和评价的都是过往，只有反馈指引着你的未来。

与“成长型思维”相反的，是“僵固型思维”。拥有僵固型思维的人，会把挑战看作“证明自己可能不行”的风险，因而回避挑战；而秉持成长型思维的人，会把挑战看作提高能力的机会，进而迎接和拥抱挑战。

在这个世界上有两种游戏：一种叫“有限游戏”，玩家的宗旨是赢得胜利；而另一种叫“无限游戏”，里面可能也蕴藏着一次次小规模的有限游戏。参与无限游戏的玩家，全程的宗旨只有一个：活下去，更好地活下去。

人生就是这样一场无限游戏。

只有在有限的游戏中，才存在谁胜利、谁失败的说法。而在无限的游戏中，没有一蹴而就的胜利，更没有绝对静止的失败，不存在永恒的巅峰，更不存在爬不出来的深渊。漫漫长路上，有的只是一次次的提示、一次次的学习、一次次的反馈，以及认真接受反馈后继续前行的你。

正如英国前首相丘吉尔在一次战败后发表全国演讲时所说的一句话：“我们这次的确失败了，但这次失败之中，蕴含着一种胜利。”

也正如法国哲学家阿尔贝·加缪那句广为传诵的名言：“在隆冬，我终于知道，我身上有一个不可战胜的夏天。”

甄语录 人际交往中，在暗处尊重人，同样会获得他人的尊重。

在暗处尊重人

□卢继元

复旦大学著名教授章培恒去拜访自己的导师蒋天枢。躺在病床上的蒋天枢年事已高且双目失明，章培恒来看他，他也没招呼自己的学生就座。于是，章培恒就一直站着跟蒋天枢聊天。就在章培恒站着跟蒋天枢聊了两个钟头后，蒋夫人回来了，她见章培恒站着跟蒋天枢聊天，就说：“天枢啊，你怎么让人家站着跟你说话？也不招呼人坐下。”这时蒋天枢才幡然醒悟，惊讶地问：“培恒，这么长时间你竟然一直是站着的？”章培恒告辞后，蒋天枢的心里久久不能平静。

章培恒看起来好像显得有些机械刻板，呆痴愚钝。然而，其中潜藏的却是为人处世的实在和诚恳，以及对师长的敬畏。以敬待人，人必敬之。尊重在暗处，尽管别人一时不知情，但只要你是真心实意地尊敬别人，别人肯定是能感受得到的。日常交际中，我们对人的尊重，一般都表现在大庭广众之下或明显处，而对人不经意间的尊重，就显得更加真实可贵了。

西晋时期的大学者皇甫谧刻苦好学，常常挑灯夜读。他家的对面住着一位也爱看书但睡眠很差的老人，两家的窗户正好相对，相距很近，从皇甫谧家里窗户射出的灯光能照进对方的屋里，每次皇甫谧只要稍稍发出一点儿声响，就会吵扰到老人。有一天晚上，皇甫谧听见老人家不停地发出动静，似乎很烦的样子。皇甫谧意识到老人可能被自己打扰了。于是，他找来了一块黑布，不顾大热的暑天，把窗户严严实实地挡了起来，使灯光照不进老人的屋子。皇甫谧读书到一定时间，便要在屋里来回踱步思考。为了不发出声响，他便脱下鞋子，光着脚丫在屋里轻轻地走动。良久，当他再侧耳细听对面老人的动静时，感觉老人已经安静地入睡了，这才放心。一连几天下来，老人终于发现了皇甫谧的举动，一再向皇甫谧致谢。

每个人都有各自的禀赋、习性。所以，尊重他人的性格特点和心理需求是人际交往中最重要的修养之一。在别人不知情时尊重他人，一方面，需要我们在交际中情感细腻柔软，能够多体会别人的内心世界；另一方面，要有一种从内心深处尊重别人的善意。

在别人不知情的情况下，同样给人尊重，会让人如同沐浴着温暖的阳光，收获的是彼此间最真诚的情感。人际交往中，在暗处尊重人，同样会获得他人的尊重。

反之，在隐晦处播种蒺藜，得到的将是荆棘丛生。

甄语录 努力学习很重要，善于学习更重要。

带着问题去学习

□余　华

之前，有位朋友发给我英国文学评论家亨利·希金斯写的一篇文章：“你想知道生活有多粗俗吗？不妨读读《尤利西斯》。”亨利·希金斯把乔伊斯的这部文学研究者认为的神作说成一部粗俗的生活之书。我觉得这篇文章很有趣，就发给了几名学生，我们在微信里讨论了一下，几名学生都说没读完《尤利西斯》，我说不用从头到尾去读《尤利西斯》，从任何地方翻开来读几页，看看乔伊斯的细节描写就可以了，这是乔伊斯了不起的地方，比如他写一个人从马车里出来，会有三个动作，先是用手推一下，再用胳膊去撞，最后是一脚踹开。乔伊斯故意让车门坏了，这样就可以写完这三个动作。

再说一个乔伊斯的故事。有个青年作家写了一篇短篇小说，去向乔伊斯请教，乔伊斯读完后很欣赏，说里面有一个细节写得好。一个神甫和相恋的女子久别重逢，神甫风尘仆仆地来到女子面前，两个人不是马上拥抱，女子先是虔诚地吻了神甫胸前的十字架，然后才是拥抱。乔伊斯对这个细节的赞赏让青年作家很高兴，他说这篇小说也给他的女佣读了，女佣的意见与乔伊斯相左，说这个细节写得不够好，神甫风尘仆仆赶来，十字架上会有尘土，女子在吻十字架前应该先是虔诚地擦去上面的尘土。乔伊斯听完后说，你别跟我学了，你应该去向那个女佣学习如何写小说。

努力学习很重要，善于学习更重要。文学作品浩如烟海，即使是经典作品，也是一生都读不完的。你千辛万苦从头到尾读完《尤利西斯》，所花费的时间和精力可以让你读完同样厚的10本书，所以不同的书要用不同的方法去读。

带着问题去学，这个很重要。当问题解决之后，所学到的也不会忘掉。一个对事物敏感的人，一个勤于思考的人，遇到的问题会层出不穷。这里所说的问题不是睡眼惺忪等来的，而是勤奋好学争取过来的。有句老话：有条件要上，没有条件创造条件也要上。学习也是这样，有问题要学，没有问题创造问题也要学。

再回到《尤利西斯》，如果你喜爱写作，《尤利西斯》是必读书，可是读不下去怎么办？简单有效的方法就是跳跃着去读。如果你想去《尤利西斯》里学习如何写故事，你找错书了；如果你想去《尤利西斯》里学习如何描写细部，你找对书了。这就是带着问题去学。

甄语录 以人为镜，方可窥见己身的不足！

从讨厌的人身上你能学到什么

□晨熙小太阳

当我们说到讨厌的人时，一般分为两种，一种是人品有问题、确实给大家都带来了困扰、原本就令人讨厌的人。比如道德败坏者、猥琐油腻者、损人利己者等。另外一种，则是那些“我觉得很讨厌”的人。这些人可能做了一些伤害我们的事让我们讨厌，但那只是我们的主观评价，并不表示客观上他们就是糟糕的人。

本身就令人讨厌的人没有太大讨论价值，反而是那些“我觉得很讨厌”的人，值得深挖。当我们说讨厌一个人时，心里真正在想什么？从这些讨厌的人身上，我们能学到什么？

通过对别人的讨厌，观察到内心的真实想法

黄执中有一个演讲特别有意思，叫作《回答6个问题，重新认识你自己》。每一个问题都有特殊的意义。其中第6个问题是：你特别讨厌其他人身上的什么性格特质？

这个答案的意义是：当你进入一种恐慌、被考验、紧张的状态时，当你失去了平时对自己的理性控制时，你就会变为你特别讨厌的那种人。我最讨厌的人是自以为是和以自我为中心的人，可我对照一下发现，当我不再那么理性时，我就变成了这样的人。

这个答案促使我去思考，一个人有那么多特点，为什么我偏偏会讨厌某一点？这是因为，当我对别人的某个点感到讨厌时，这个点恰好是我自身某个想法的体现和映射。

一个周末，我和朋友去参加即兴话剧的体验课，大家根据一个简单的场景要求去即兴创作自己的表演。这次来了15个人，每个人的表演都有自己的风格。结束后，朋友和我说：我不喜欢小C，我觉得她太张扬了，给我一种侵犯性。我有点吃惊，因为我反而很喜欢她。我们继续深聊，发现这其实是因为她内心的自卑。她是一个很在意别人看法的人，不敢绽放自己，因此看到这样的人，就觉得她会抢了自己原本就不那么耀眼的光，还有一点点嫉妒别人能做到而自己做不到的心理。

这些微妙的心理组合在一起，就外化成了“我讨厌这个人”。这其实是我们内心的一个投射。因此，借由讨厌别人的某个点，可以发现自己一些不自知的偏见，从而提升自我。

反省自身，不要让自己也成为讨厌的人

《论语》有言：见贤思齐焉，见不贤而内自省也。看到好的人我们要向他看齐，看到没有德行的人，我们就要反省自己，是不是有和他一样的错误，怎样避免产生这

些错误。

我遇到过一个产品部的同事，每当和她沟通新需求时，她都表现出非常不愿意配合的态度。她会用一连串非常尖锐的问题来问你，你做这件事情的目的是什么？你想清楚了没有？你这么做用户的需求是什么？

她的沟通并不是为了推进工作，而是采用一种抬杠和质问的语气。往往交流下来，工作一步没有推进，反而憋了一肚子火。她是我以前最讨厌的同事，也是最不愿意合作的人。后来，因为她也是这么直接顶撞上级，她被解雇了。

讨厌她的同时也给了我一个警醒。我如何避免犯同样的错误？她的表现就像是一个反面教材的模板摆在那里，此后每当我和同事沟通时，我都会注意看自己，是不是又有明显的情绪了？说话是不是带刺了？这种方式，倒是让我很好地规避了自身的一些缺点。

所以，有时候那些讨厌的人反而能帮我们敲响警钟，让我们告诫自己不要成为那样的人。

帮你理解别人对你的讨厌，学会谦逊待人

我朋友阿文新换了领导。他非常讨厌这个领导，经常和我吐槽，说他以前不是做这行的，能力不行，就知道在老板面前吹牛，评价他是“奇葩”，并说他们团队的5个人全都不喜欢他。总之，阿文的描述里，这个领导一无是处。

万万没想到的是，被阿文讨厌的领导，也很讨厌阿文和另外一位团队人员，并早就在计划如何辞退他俩。终于在发放年终奖的时候，这位领导直接扣除了阿文和另一位团队成员的年终奖，让他们一分钱没拿到。阿文非常愤怒地找人事上诉，但还是胳膊拧不过大腿。最终，他们不情不愿地辞职了。

阿文的事情给我提了一个醒。很多时候我们讨厌别人，却忽视了别人同样会讨厌我们。所以客观看待自己很重要。如果阿文能想到领导可能也讨厌他，他也许就能反过来看看自己的不足。在面对领导时，也就不会这么肆无忌惮。

所以下次再讨厌别人时，也可以同时去想想别人对自己的讨厌。不过多地站在自己的立场上放大讨厌的情绪，而是保持冷静，谦逊待人。

我们一生中会遇到形形色色的人，与其简单地把他们划分为喜欢的人或讨厌的人，不如以人为镜，去发现自己，明了自己的得失。

甄语录 给自己一点儿时间去随性阅读，而不是只读别人推荐的书。

不要那么在乎干货

□琢磨先生

我经常看到朋友圈里有人转发标题诸如《纯干货……》《绝对干货……》之类的文章，转发者还不忘再加一句转发语：这种纯干货才让人受益匪浅。这么喜欢干货，你咋不抱着木乃伊睡觉呢？言下之意就是，我跟你们庸俗众生不同，我是一个喜欢知识的人，而你们是一群每天都在云山雾罩里的湿货。

其实吧，会做饭的人都知道，干货往往都是用来煲汤的，干货本身往往没什么价值，只有炖成汤变成湿货才有营养价值。

“干货”这个词被严重滥用，被写作者滥用为自己不会有趣表达的一种借口，被转发者滥用为显示自己品位与众不同的一种理由。什么是干货？配得上这两个字的，只有老子的一个字“道”。除此之外的所有解释都有水分，都是你的杜撰，连老子也不能例外。所以，他才说“道可道，非常道”。

可以这么说，我们每个人都在打着干货的旗号做湿货的事情。比如，那些解读书的人，企图用几分钟把几十万字的著作，浓缩成几十分钟说出来，美其名曰：干货导读。别开玩笑了，本质上不过是花钱找人把食物品尝了一番，然后嚼了嚼吐出来给你吃。然后，你还要付钱，还要连声称赞：干货！干货！

如果你这么喜欢干货，那么35万字的《白夜行》无非就是一句话：儿子把老子杀了。而所谓的湿货版却用洋洋洒洒35万字来告诉你：儿子为啥要杀老子。

有一个著名的关于干货的故事：相传波斯王即位时，要他的臣子编一部完整的世界史。几年过去了，臣子编出一部皇皇巨著。可国王已人到中年，国事繁杂，没时间看。臣子又用几年时间，把史本缩短，但国王仍然忙于朝政，无暇细看。臣子再将史书高度浓缩，而国王终因年老体衰看不了，抱憾终生。国王临死前，一位老史学家对此做了一个干货解读，六千卷的世界史，人类历史浩瀚纷繁，也只是三个字：生，死，苦。

可是，读这么浓缩的干货有什么乐趣？你把生活理解成这样子又有什么意思呢？

绝对的干货和绝对的湿货，我都不认同。绝对的干货，让人远离了人性，失去了欣赏和最直接的体验；绝对的湿货，又华而不实。

在最高级的智慧和普通大众之间，存在着认知鸿沟。比如海德格尔，自己创造出一个语言体系来写哲学，不是科班出身的人很难读懂他的《存在与时间》，这就需要有人在中间起到嫁接的作用。这个嫁接的人非常重要，因为他的知识边界和视野范围，决定了你能达到什么样的理解层次。所以尽量多听一些人的解读，不要只迷信一个人。这种交叉性能让你更客观地理解一本书。在对某一本书非常感兴趣后，最好能去读一读原著。

此外，给自己一点儿时间去随性阅读，不要只读别人推荐的书，因为被埋没的好书也不少。所谓的好书判断标准不一，这跟每个人的生活经验和知识层次有关。不要那么在乎干货，所谓的干货不过是提供了窗口，让你快速窥见一门学问或者一个体系。而你自己要做的就是让它们沉下去变成湿货，加上水有耐心地去煲，让这些知识丰满起来，这样才营养丰富。

甄语录 就算只读了10%，也会有所收获。

10%阅读法

□格　林

好厚啊，看不完啊……每当拿起书就被“实力劝退”，这可能是我们很多人内心的真实写照。其实，看书没有那么难。

尼克拉斯·卢曼是德国当代最重要的社会学家之一，他一生写过70本书，还出版了两部社会学巨著。之所以如此高产，得益于他的“10%阅读法”和“卡片笔记法”。

即使没读完一本书，你也可以从中得到巨大的收获。阅读10%，然后写下你的感受和想法、书中的重要观点或中心思想，这个方法对非故事类书籍尤其适用。接下来，对这10%的内容加以实践。比如，你读了一本关于学习方法类的书的10%，就按照你看过的内容复盘一下自己的学习情况。如果你读了一本心理健康类书籍的10%，也请把书放在一边，按照你看过的内容和自己进行一次对话。

只看10%可以大大减轻你阅读的心理负担，就算只读了10%，也会有所收获。

每次阅读完后，你可以把书中的观点、自己的感想写在小卡片上，然后按照不同主题分类整理，就是“卡片笔记法”，不同主题之间也可以关联，久而久之，很多观点之间会产生联系，你的收获和启发也会越来越大。

据统计，卢曼教授的卡片盒里有9万张卡片，别小看碎片化的信息，把碎片化的信息联系起来，就是惊人的创造力。

甄语录 用好大数据，办事效率高。

千里马和大数据

□岑 嵘

春秋时期有个叫孙阳的人，由于他善于相马，人们便称他为伯乐。有一天，伯乐看到一匹马拉着盐车吃力地行走。当伯乐走近时，马突然昂起头大声嘶鸣，伯乐立即判断出这是一匹世间罕见的千里马。

这个故事可能不仅仅是传说，而是真实发生的事情。伯乐的相马术，究竟是怎么练就的？它在今天可能有一个更加时髦的名字——大数据。

我们先说一个当代伯乐的故事。2013年的夏天，纽约东部一家公司照例要拍卖一些马，在这次拍卖会上共有152匹周岁马要拍卖。在这些马中，有一匹红褐色的马，它比一般的马体形大一些，有着黑色的鬃毛，因为它还没有名字，人们便用85号来指代它。

85号的主人是埃及啤酒大亨艾哈迈德·扎耶特，他来到纽约的目的是卖掉这匹马，同时再买几匹。85号的外观有一些问题，例如它的脚踝处有一些划痕，一些买家担心它受过伤。

和所有富有的马主一样，扎耶特聘请了专家团队来帮助他选马。不过这次他聘请的是一家不知名的小公司，公司的负责人杰夫·塞德不是传统的赛马界行家，而是一个毕业于哈佛大学的数据怪才。

塞德的团队仔细研究了所有将要拍卖的马匹，最后给出了一个建议：绝对不能卖掉85号马。塞德说："就算卖掉你的房子，也别卖掉这匹马。85号不仅是这次拍卖中最棒的马，还是全年拍卖的1万匹马中最好的，甚至可能是近10年来最好的马。"

在塞德的眼中，85号就是传说中的千里马。扎耶特听从了塞德的建议，还给85号取了一个响亮的名字——"美国法老王"。

事实证明塞德没有看错。18个月后，85号成了30年来首个国际赛马大赛的三冠王。

塞德是如何成为当代伯乐的呢？他的方法和传统的相马方法不同，他只对数据感兴趣，他收集了赛马的各种属性数据，分析其中哪些与它们的表现相关。

他曾经测量过马的鼻孔大小，给马做心电图，检查它们的心脏，还测量马腿的肌肉率。总之，塞德对马的一切数据都感兴趣。

那么发现85号是神骏的终极秘密又是什么？塞德并没有隐瞒，他说："赛马的左心室越大，它在比赛中的成绩就越好。"85号马的所有重要器官，包括心脏和脾脏都大得异乎寻常。一匹马如果单单左心室很大，其他器官都很小，便很可能是患有疾病的征兆，而85号所有的关键器官都高于平均水平，左心室尤其大，由此塞德断定，85号是数年难遇、万里挑一的好马。

春秋时期的伯乐可能同样通过类似的数据技术来挑选千里马，而这个大数据就是他的个人经验。伯乐一定观察过成千上万匹马，他一定比较过所有良马的外观、毛色、步态、嘶鸣，各种数据都存在他的心中，所以当他遇到那匹拉盐车的马，看到它的步态、观察它的体形、细听它的嘶鸣后，立马和自己记忆中庞大的数据库进行比对，由此断定眼前这匹就是千里马。

甄语录 细思极恐，你的手机可能比你的家人更懂你！

手机会“偷听”吗

□伯　季

不知道大家有没有这样的经历：刚刚和朋友说到想吃螺蛳粉，打开手机购物App，就看到各种螺蛳粉的推荐。相信很多人都遇到过，而且不仅仅是吃的，还有穿的、用的、玩的……我们曾经聊过的东西，购物平台总是能精准地推送，仿佛手机实时在旁边听我们说话，它们甚至知道我们想要什么，这也太恐怖了！

那么，手机真的会“偷听”吗？手机是如何知道我们的想法的呢？

实际上，在我们开始使用App的时候，一切就已经埋下了伏笔。下载安装App时，我们会被要求获取很多权限，如打开录音权限才能打语音电话，这是合理且必要的。但有很多App却存在明显的越界行为，除了必要权限，它们还会要求获取其他不相关的权限，比如音乐App要读取相册权限，打车App要读取文件权限。当然，它们获取了这些权限并不是直接读取了你的信息，而是开始采集你的行为，这才是关键的地方。

我们以前所谈到的隐私，往往是身份证号等很“直接”的内容，但今天所谈到的隐私，还包括你不经意间暴露的上网行为、通信录关系网等不是很“直接”的内容。比如，你几点钟放下手机、多久打一次车、喜欢点哪种外卖等。如果收集的数据足够多，一个人的形象就可以被有效地勾画出，被称为“用户画像”，然后通过算法给这个人打上一个个标签，比如“火锅爱好者”“健身达人”等。之后，这个人每出现一个新的行为，算法也会相应给他贴上一个新的标签。随着数据的积累，这些标签对用户的刻画会越来越精确。当有了足够精确的刻画，各种广告主就可以根据这些标签选择目标受众，选定广告位和投放时间，实现精准投放。于是，当你打开App，就会看见你觉得“刚好需要”的东西。

甄语录 授人以鱼，不如授人以渔！

最重要的一手

□张　炜

一位大作家的弟弟，想学习哥哥写作的窍门。哥哥让他一同出海钓鱼。

钓了好多天的鱼，弟弟烦了，问哥哥：“你不是要教我写小说吗？可你一点儿都没有教。”

哥哥说：“那现在开始教吧。我问你，你钓鱼的时候，什么时候最激动？”

弟弟说：“钓到大鱼时。”

哥哥摇头说：“我的意思是，你钓到大鱼的整个过程中，哪一会儿最让你激动？”

弟弟仔细回忆着。

哥哥启发他：“你想想，是鱼猛地咬到钩子的时候，还是往上拽、用棍子打它头的时候？抑或是把它装到网里，它乱跳乱蹦的时候？”

弟弟思考片刻，说：“当它咬到钩子，鱼线猛地绷紧。就在绷紧的那条线上，一溜水珠往下掉的时候，我最激动。”

哥哥说：“你懂得怎样写作了。你就写最让你激动的那一溜水珠，写好写细，那是最扣动心弦的一刻，抓住它，其余的也就好办了。”

弟弟后来回忆说：“哥哥教会了我最重要的一手。”

甄语录 虽然世界多苦难，但苦难总是能战胜的，人生是一个渐入佳境的过程。

渐　境

□郭华悦

两场表演，效果迥异，不见得就是表演者实力间的差距。实力相近，但一方一上台就直接亮出杀手锏，观者还没进入情境，脑子恐怕还不清楚，表演就已经结束了。而另一方则懂得循序渐进，一步步引领观众渐入佳境，在情绪到达巅峰的时刻，再亮出自己的绝招。这么一来，明明实力差不多，效果却天差地别。

这其中，差别就在于渐进。好的事物，好的成功，或者令人印象深刻的表演，需要的不仅仅是最后的精彩，还需要一个可供培养情绪的渐进境界。

人生中，有渐境，才美好。

甄语录 成功只需要把看到的、听到的付诸实践，并坚持下去，就可以了。

让你成功的5%

□宝 谷

一位保险公司的顶尖销售人员，在一次演讲中披露了自己工作时的诸多技巧。

底下有位观众好奇地问他：“你为什么把这么重要的技巧公开？如果别人都这么去做，你的对手岂不是越来越多，竞争也越来越激烈？”

这位顶尖的销售人员是这样回答的：“没关系，今天在座的各位听完我的演讲，会付诸实践的只有两成多的人。在这两成多的人里，也只有两成多的人能够坚持下去，然后获得成功。也就是说，最终只有区区4%~5%的人能成功。对我而言，这么少的人能构成什么威胁？”

人们总觉得成功很难。其实，成功只需要符合那名销售人员说的5%的条件，即把看到的、听到的付诸实践，并坚持下去，就可以了。

可人们不是不付出行动，就是付出行动后坚持不了，结果还是一事无成。

甄语录 再好的东西，也要适时、适度，需要的才是最好的。

惊人的“食盐效应”

□有书羊驼

看过一个小故事：有一头驴，平时吃惯了主人给的青草，久而久之便觉得食之无味了。

一次，主人往它的草料里加了一把盐，从前乏味的草料竟变成了美味佳肴。

得知这是加了盐的缘故，驴便兴奋地跟主人说，自己以后不吃草料了，只吃盐。

结果可想而知，第二日，这头驴就皱着眉头找草料了。

这就是心理学上著名的“食盐效应”。

意思是再好的东西，也要适时、适度，需要的才是最好的。

故事中的驴，只是尝到有盐的草料，就以为“盐”是世间最好的食物。

殊不知，盐只是美食的调味剂，若只吃盐，就会食之难咽。

无视“度”和真正的“需求”，只会让结果南辕北辙。

甄语录 书香并非书籍本身的香味，而是芸香。

书香到底是什么香

□谷文彬

有一个词，我们经常用到，那就是书香，比如书香门第、书香世家、书香子弟等。但是当问及书香究竟是指哪种香，未必人人回答得出。

大多数的人会认为是指书墨之香，梁实秋就是这么认为的，他曾在《书》一文中说，“从前的人喜欢夸耀门第，纵不必家世贵显，至少要是书香人家才能算是相当的门望。书而曰香，盖亦有说。从前的书，所用纸张不外毛边连史之类，加上松烟油墨，天长日久密不通风自然生出一股气味，似沉檀非沉檀，更不是桂馥兰薰，并不沁人脾胃，亦不特别触鼻，无以名之，名之曰书香”。然而，当我们追溯历史，发现书香并非书籍本身的香味，而是芸香。

芸香，又称芸香草、诸葛草、香茅筋骨草，属多年生草本植物，茎直立，叶子成羽毛分裂，花黄色，全草有香气，可以驱虫、通经、祛风。古人认为，放置适量的芸香草，使其所含的挥发成分在书籍周围保持一定的浓度，可以消灭害虫或使害虫不敢接近。而夹有芸香草的书，打开之后，清香袭人，故而称之为“书香”。

关于芸香，最早的文献记载是《礼记·月令》篇云：“（仲冬之月）芸始生。”郑玄注：“芸，香草也。”三国时期鱼豢的《典略》云：“芸香草，辟纸鱼虫，故藏书台称芸台。”鱼豢的《典略》已佚，幸赖李石的《续博物志》保存一二。

唐宋时期，随着雕版印刷的流行，无论内府还是私人藏书都多了起来，芸香辟虫开始广泛流行。唐代的杨巨源《酬令狐员外直夜书怀见寄》云：“芸香能护字，铅椠善呈书。”

明清以后，芸香不再是唯一的防虫之法，但仍占据一定的位置。屠隆的《考盘余事·书笺》云：“藏书于未梅雨之前，晒取极燥，入柜中以纸糊门，外及小缝，令不通风，盖蒸汽自外而入也，纳芸香麝香樟脑可以辟虫。”

芸香辟虫是传统藏书家的挚爱。著名的天一阁藏书楼的图书号称“无蛀书”，据说是每本书都夹有芸香草之故。

因芸香草与书结缘，与芸香草相关的其他物什，也就成了与书相关的称呼。比如，芸签是书签的别称，芸帙、芸编是书籍的别称，芸人是读书仕进者的别称。书室中常备芸香草，于是书斋便有了“芸窗”“芸署”“芸省”“芸馆”“芸阁”等雅称。藏书台也被称作“芸台”“芸局”。

芸香，其名称本身就极富诗意，再加上有护书之功效，自然而然便成为文人们争先恐后歌咏的对象了。晋成公绥《芸香赋》云“美芸香之修洁，禀阴阳之淑精”，与成公绥同时代的傅咸亦作有同名的赋赞曰：“翠茎叶叶猗猗兮，枝妍媚以回萦。象春松之含曜兮，郁蓊蔚以葱者。”

宋嘉祐四年（1059年）梅尧臣在唐书局设立时，在附近草丛中看到一株芸香草，很高兴，作出一首诗——《唐书局丛莽中得芸香一本》。他的朋友欧阳修也饶有兴致地和了一首《和圣俞唐书局后丛莽中得芸香一本之作用其韵》。真是羡慕他们的生活，从一株小草见到一种简单的快乐。难怪英国史学家汤因比说，如果可以选择，他愿意生活在中国的宋代，做一个书生。

随着岁月的流逝，人们已经很难再见到芸香草了。即便是防虫，大多也是选择含化学成分的药剂。芸香情结，恐怕更多的只是书卷里所蕴藏、沉淀的一种美丽而遥远的历史记忆和个人缅怀罢了。

甄语录 真正的远见，是明白品德永远比能力更重要。

小胜靠智，大胜靠德

□洞见·念念

《世说新语》中有言：“小胜靠智，大胜靠德。”能成大事者，靠的都是实实在在的德行。积厚德，方能养厚福。

清康熙年间，莱阳一带有位首富，名叫左文升。左文升原本只是靠经营小买卖为生，后来能发家致富，要从一件小事说起。

一年，当地一名乡绅找到左文升，将20贯钱委托他转贩货物，约好按当时市价付2分利息。没多久，赶上市面银根紧缺，钱价增值。年底结算时，左文升二话不说，自动按高价结算给对方利息。乡绅看他小本买卖，原想拒绝。左文升却坚持认定，本钱是你的，多赚的钱就该归你。

自那时起，左文升本分做生意的名声在当地不断传扬开来，许多人纷纷拿钱来投给他。左文升始终坚持宁愿自己少赚，也不亏他人的原则，一路把生意越做越兴旺。

有些人看似精明，总想着占小便宜，到头来却吃了大亏；有些人看似笨拙，不在意一时得失，反而赢得了长久回馈。

得道多助，失道寡助。真正的远见，是明白品德永远比能力重要。少贪图私利，多让利于人，人生之路才能走得宽阔稳当。

甄语录 经常读书、善于思考的人，其眼神有一种特殊的光芒。

观眸而知人心

□那秋生

鲁迅谈小说人物的描写秘诀时说：“要想极快地画出一个人的特点，最好是画他的眼睛。我以为这话是极对的，倘若画了全部的头发，即使细得逼真也毫无意思。”

他在《祝福》中刻画的祥林嫂：“脸上瘦削不堪，黄中带黑，而且消尽了先前悲哀的神色，仿佛是木刻似的；只有那眼珠间或一轮，还可以表示她是一个活物。”正所谓哀莫大于心死。

后来，我发现最早说这话的人是孟子。《孟子》说：“存乎人者，莫良于眸子。眸子不能掩其恶。胸中正，则眸子瞭焉；胸中不正，则眸子眊焉。听其言也，观其眸子，人焉廋哉？”原来如此！

现代科学家发现人的瞳孔不会“说谎”，它是生命机能灵敏的显示器，是大脑的延伸。林肯也说过：“经常读书、善于思考的人，其眼神有一种特殊的光芒。”

据说，珠宝商可以根据顾客瞳孔的大小来要价，赌徒可以根据庄家瞳孔的变化来投注。所以，可以观眸而知人心。

甄语录 你只管努力，足够努力的人总是更容易拥有好运气。

工作：一半是运气，一半是努力

□佚　名

稻盛和夫说：要想拥有一个充实的人生，你只有两种选择：一种是“从事自己喜欢的工作”；另一种则是“让自己喜欢上工作”。每个人大多数时间都是在工作，工作不仅是养家糊口的保障，也是磨炼意志，走向更好人生的台阶。

只为薪水工作的人，工作永远陷入平庸之中。工作，就是越做越会工作，越会工作越有机遇。你只管努力，努力到老天爷都要帮助你，这样结果总不会差。

甄语录 侧向思维常常可以“歪打正着”，对解决疑难问题有意想不到的效果。

有趣的侧向思维

□佚 名

古时候，有一人想过河，他来到河边大声问道：“哪位船老大会游泳？”

话音刚落，好几个船老大都围了过来，热情地自我推荐：“我会游泳，客官坐我的船吧！”

只有一位船老大没有过来，坐船的人就走过去问那人：“你水性好吗？”

船老大不好意思地说：“对不起，我不会游泳！”

坐船人高兴地说：“那好，我坐你的船！”

为什么坐船人要选不会游泳的船老大呢？原来，坐船的人认为，不会游泳的船老大，他必然会小心地划船，那坐他的船相对来说就比较安全。这种从侧面来推理的方法就是侧向推理法，它的结果是安全地渡河了。

甄语录 你的人生，不必活在别人的眼光里！

远离“人家”

□张 希

小时候，我们的父母总习惯用“人家”来教育我们。我们贪玩不好好学习时，他们会说：“没出息，让人家笑话。”我们不听话时，他们会说：“不懂事，让人家笑话。”时间长了，我们习惯了生活在“人家”的目光中，生怕一时没注意，让“人家”说啥。

也许是惯性使然，长大后依旧如此，结婚晚了，生孩子晚了，职位太低，收入不高，房子太小，诸如此类，我们都怕“人家”在背后说三道四。由此造成两种结果：要么打肿脸充胖子，要么越来越不自信。

不过，这个“人家”真的存在吗？现代社会不同于传统的熟人社会，大家都挺忙，没有精力和时间过分关注他人。小时候，我们的父母总将“人家”挂在嘴边，目的之一是让我们知分寸，懂礼数。成人之后，我们已经具备道德法制观念和思想意识，没必要将自己的生活和他人的眼光总捆绑在一起了。我们要做的就是活出自己的人生，远离“人家”，给自己也给下一代松松绑。

甄语录 从长远来看，比起生活在天才圈子中，当芸芸众生中的第一名或许更好、更幸福。

“第四”才是大众眼中的第一

□淳　君

小时候我常得的名次是“第四”。不论干什么我都是万年老四，永远赶不上第一名和第二名的天才。

但是有一天我突然意识到，“第四”不正是普通人中的“第一”吗？“第四”就是除去天才之后的普通人通过自己的努力得到的第一名。

如果人类也有金字塔构造的话，天才就位于金字塔的顶端。一定有很多人羡慕他们吧？过去的我也是如此。

但是后来我发现，也许被称为天才的他们其实并不幸福。例如，别人会认为天才很难接近，所以他们没有什么朋友，这样难道还幸福吗？

也许正因为是天才，他们的人生是不完整的、无趣的；正因为是天才，他们体会不到失败的心情；正因为是天才，他们未必受女孩子欢迎。所以从长远来看，比起生活在天才圈子中，当芸芸众生中的第一名或许更好、更幸福。

一开始，我们都显得没什么才华，关键在于你怎样看待“第一”。如果硬将自己与天才比较，势必会很累很痛苦。其实，我们只需将天才看成生活在另一个世界里的人就可以了。

记得有一次我在某个录音室遇到一行人。那时大概是我推出“早安少女组”两年后，我的唱片年销量有几百万张，并且在不断攀升，可以说那是我最辉煌的时期。与此相比，他们在当时基本暂停了活动。

“说不上是龟兔赛跑吧，但我这么勤勤恳恳地干，今年搞不好会超过他们哦！”我暗自期待着。

可是他们的唱片发行后，眨眼间销量就超过了我的。而且他们并没有参加什么宣传活动！

那之后不久，在涩谷的某个录音室中，我与他们再次相遇。他们的一个成员过来和我打招呼。由于一直没有活动，他留着胡子，穿着便装。

“哟，这不是淳君吗？最近在忙什么呢？”听到这话，我当时差点儿晕倒。因为当时我每周都会上一个叫《五花八门浅草桥》的当红电视节目，还定期参与了很多其他节目。另外，我还忙着参加录音、采访，公众曝光率非常高。

但是一直在海外休假的他们并不知道这些，所以一开口就问出了“最近在忙什么”这样的问题吧。听到那句话，我情不自禁地想吐槽：“我才想问问你们最近都在干什么呢！”

想工作就工作，想休息就休息，自由自在地搞音乐，他们的这种工作方式让我非常羡慕。（当然，他们其实也有他们的烦恼……）

这个世界上有像我这样只能像乌龟一样勤勤恳恳、踏踏实实工作的人，也有像他们一样随便出一张唱片就能卖出几百万张的人。这不就是普通人与天才的区别吗？普通人不管怎么努力，都会被天才轻松赶超。

这些就是我和他们相约下次一起去喝酒的同时想到的。看到他们，我再一次认清了自己的位置。

但没有关系！既然普通人很难超越天才，那我们就继续勤勤恳恳、踏踏实实地工作吧。这样的话，也许有一天“第四名”也会成为“第一名”。

甄语录 以智慧做养料，格局为土壤，让拳头长进脑袋里。

拳头长在哪儿

□石　兵

最有力的拳头长在脑袋里，最强大的力量藏在智慧中。

五指紧握成拳，挥出带风，威势惊人，但这只是过程而非结果。衡量拳头是否强大的标准只有一个，便是目标的受打击程度。若是拳拳落空，纵有千钧之力，也是泥牛入海——徒劳无功。

人在年少时，拳头都是长在手上的，随着年纪渐长，阅历渐丰，有的人便会把拳头藏在脑袋里。毕竟，不出鞘的剑才有机会锋芒毕露，让人眼前一亮。脑袋里的拳头是形而上的存在，不拘形式，只看重结果，方向大于力量，效力强于威力，不需要脑子发热时的挥拳相向，只考虑谋定而后动处的拳拳到肉。

莽撞与精明的分界线也是行为与思想的分水岭。庸者将拳头摆在明面上，枉曲直凑、不留后手，高手把拳头藏在脑袋里，蓄势而发、待价而沽。前者一闻风吹草动便会沉不住气，后者即便面对大浪滔天也能云淡风轻。因为后者脑袋里有一个笃定的方向，绝不盲从，也不妄动。

让拳头长在脑袋里，需要智慧做养料，格局为土壤，如此才能生根发芽、生发壮大。

甄语录 万物皆有裂痕，那是光照进来的地方！

爱自黑的人，人缘都不会太差

□大将军郭

幽默绝对是人际关系的润滑剂，这些年润滑剂渐渐出现了新形式，叫自黑。

我也是个自黑小能手，上次参加语音授课的活动，对方想让我在开场前唱首歌。然而，我唱歌太一般，不想露怯，但对方盛情难却，也不好过于严肃地拒绝，于是我开启了自黑模式："我唱歌，就相当于在清场，大家都吓跑了，就没人听课啦。"用自黑的方式既给自己打了圆场，也给了对方退路，毕竟是为了听课效果考虑，谁也不想有什么闪失。

能利用好自黑式幽默的人，情商都比较高。幽默有很多种，有人爱拿大家耳熟能详的明星或者公众人物开涮，有人喜欢拿身边的朋友调侃，但这些幽默方式如果使用不当很容易影射到他人而引起争端。自黑却能避免这样的问题，放低自己的身段，拉近关系，即便是嘲讽也是指向自己，说不定还在无形中抬高了他人。

自黑有很多妙处，但它绝不只是一种人际沟通的方式，自黑能透露内心的真实声音。

有人说喜欢自黑的人自信又内心开阔，我觉得确有这样的可能。自信的人不会因为某个特质的瑕疵而改变对自己的看法，即便是主动向别人坦露，也能轻松处之，从这个角度来说自黑的人更有可能来自自信的群体。但这并不是全部。

从某种程度上说，这种自爆"黑点"的行为是一种坦露，但这种坦露有时也是一种自我保护。担心被他人戳中痛处，不如先自我揭露，既然已经公之于众，就是在说明"我有自知之明"，而他人便不忍心再次揭短，对自黑的人大家总是会更多包容和怜爱，哪怕心中有千言万语，也没办法对一个"自我检讨"过的人不依不饶。

再者，这种保护还体现在它帮我们躲避了糟糕结果所带来的心理压力和内疚感。有个身材微胖的姑娘总是自黑说自己是个大胖子，不会有人要，注定孤独一生。朋友要给她介绍相亲对象，她不问对方是个什么样的人就先自黑，论调依旧，"我太胖，对方如果不是唐明皇，没戏"。相亲无果，因为在见面前就合理化了相亲失败这件事，并为之找到了"确凿"的理由——胖，当真面对如此结果的时候，内心便不会有那么多波澜起伏。在糟糕结果出现之前自黑，是为自己的失败提前解围。

甄语录 自身越是停滞不前，就越是容易厌倦。

所谓厌倦，不过是你停止了成长

□尼　采

厌倦，是因为你停止了成长，越是难以得到的东西，就越是心生向往。

然而，一旦将其据为己有，一段时间后，你便会感到厌倦。物也好，人也罢，皆无例外。因为你已得到了它，习惯了它，所以才会感到厌倦。

然而，你真正厌倦的其实是自己，已经得到的东西并没有在你心中发生变化。也就是说，你的内心对那样东西的看法没有发生变化，于是产生了厌倦。

自身越是停滞不前，就越是容易厌倦。

一个不断成长的人，总在发生着变化，即便对着同样的物品，也不会感到丝毫厌倦。

快乐与不快乐从思维而来。人们总以为，快乐与不快乐是外界给予自己的。然而，它们其实是从自己的思维中产生的。

比如做完一件事之后，我们会想“如果当初这么做就好了”，于是便会产生不快。反之，要是觉得“正因为我这么做了，事情才能顺利完成”，那么，你就会体验到快乐。

我们认为，自己可以选择两种做法中的一种，所以才会有这种想法。也就是说，这种思维模式的前提是，我们总有二选一的自由。

如果没有选择的自由，没有两种结果的鲜明对比，面对现状，我们是断然无法感受到快乐或不快乐的。

为何自由之人更苗条潇洒？想要变得更自由，想要更自如地看待事物，想要最大限度地利用自己的能力与个性，这样想能带来许多好处。

首先，他们不会放任自己的缺点，也不会作恶，即便他们没有刻意去控制。因为上述这些事会影响他们自由自在地看待事物。

同样，所有妨碍自己变得更加自由的感情，他们也会自然而然地舍弃。

真正自由的人总能给人以苗条潇洒的印象，那正是因为他们的精神与内心抛弃了多余的东西。